Jalmari   Kara

Uhkapeli

Arnold Bromanin papereista

Jalmari Kara

Uhkapeli
Arnold Bromanin papereista

ISBN/EAN: 9783337364373

Printed in Europe, USA, Canada, Australia, Japan

Cover: Foto ©Andreas Hilbeck / pixelio.de

More available books at **www.hansebooks.com**

UHKAPELI

Arnold Bromanin papereista

Kirj.

JALMARI KARA

Helsingissä, Suomalainen Kustannus O.-Y. Kansa, 1912.

Peli myöty, petti kortit. Umpeen lyöty unten portit.

O. Manninen.

I.

Vihdoinkin on hetki koittanut, jolloin hämärä ainakin osaksi sielustani katoaa ja salaiset aavistukseni ja epäilyni muuttuvat kylmäksi todellisuudeksi. Lähes kaksi vuotta olenkin saanut kitua tietämättömyydessä. Olen ollut kuin pimeässä kallioluolassa, josta pois pääsy on ollut mahdotonta, ja jonka särmäisiin seiniin minä uloshapuillessani olen suotta hangannut käteni verille. Muisto ystävästäni ja siihen liittyvät tapaukset ovat kiusanneet minua kuin painajainen, hermostuttaneet minua päivin ja öisin häirinneet uneni. Niin, muisto ystävästäni, josta en kahteen vuoteen ole kuullut mitään.

Jokainen syrjästäkatsoja luulee varmaankin, että olen maailman onnellisimpia ihmisiä. Sillä minä olen varakas ja nuori ja tämä suuri Haukiojan kartano on minun. Se on minun, en epäile sitä enää, vaikka monasti olen samasta kysymyksestä taistellut tuntoni kanssa. Minulla täytyy olla siihen täysi omistusoikeus, sillä olen maksanut siitä sydämeni veren ja sieluni rauhan.

Mikä ihana paikka tämä on! Akkunani edessä avartuu suuri puisto, jonka ikivanhojen puiden varjossa alituinen hämärä asustaa. Oksilla linnut visertävät ja tuulessa huojuvien, tuuheiden lehvien lomitse välähtelee Alhojärven aaltojen himmeä valkeus. Keskellä puistoa kohoaa suunnaton, kolmihaarainen lehmus, jonka siimeksessä, hiekotetulla maalla, on taiteellisesti tehtyjä juurituoleja pyöreän

3

marmoripöydän ympärillä. Ei kukaan tiedä lehmuksen ikää, se on kai aina ollut samanlainen. Sen alla on moni seurue viettänyt hupaisia iltahetkiä ja moni värähtävä kuiskaus on sen varjossa rauennut kesäyön kuulakkaan hämyyn. Ja pihamaalla, jonka laajan nurmikentän kapeat hiekkakäytävät jakavat säännöllisiin kuvioihin, kasvaa iältään yhtä vanha lehtikuusi. Mutta se törröttää yksinään. Ainoastaan jokunen kukkasoikio on sen läheisyydessä, ja sen edessä kasvaa georgineja sekä virginialaista tupakkaa, jonka punaset kukat miltei hukkuvat suurten lehtien vihreyteen. Vielä mainitsen komean lehtokujan, joka kulkee ohi kartanon, sillä ystäväni on siitä puhunut.

Itse kartano on pahasti ränsistynyt. Verannan permannosta on maalaus kulunut, ja puolilahojen kaidepuiden raoista tunkeutuu ympärillä kasvavien spirea- ja sambucuspensaiden lehviä. Muratti kiertää rehevänä kattopylväitä, ja madonsyömissä katon nurkissa on alituisesti hämähäkin seittiä. Seinät ovat ennen olleet valkeat, mutta nyt ne ovat harmaantuneet, ja vanhanaikuisissa, tavattoman leveissä vuorilaudoissa on suuria halkeamia. Koko kartano on muuten tiheän pensaston ympäröimä ja sijaitsee korkealla mäellä, joka jyrkkänä laskee Alhon helmaan.

Tosiaan! Kauniimpaa kesäasuntoa ei juuri voi toivoa. Sitäpaitsi käy vieraita. Ja nuori vaimoni on iloinen ja nauraa paljon. Mutta juuri hänen iloisuutensa on ollutkin yhtenä arvotuksena kahden viime vuoden ajan — niin, ja ennemminkin. Sillä hänessä on jotakin niin omituista, etten näihin saakka ole voinut sitä ymmärtää, ja voinenko nytkään. Kun joskus iltasin istun mietteissäni, saattaa hän hiljaa tulla luokseni ja laskea kätensä kaulalleni. Vieläpä hän toisinaan suorastaan syöksyy syliini ja soperrellen mielettömiä rakkauden sanoja puristaa hän minua rintaansa

4

vasten. Mutta hänen silmissään on kaukainen, raukea uneksumus, ja kun häntä suutelen voivat hänen huulensa olla kylmät kuin kuolleen. Sitäpaitsi olen huomannut hänen unissaan itkevän. Ja se, jos mikään, on herättänyt sääliä ja kummastusta minussa.

Kaikki tämä liittyy oikeastaan päätapahtumaan, joka sattui kaksi vuotta sitten, ja johtuu siitä suoranaisesti, välittömänä seurauksena. Mutta vaimoni kanssa en voi puhua siitä sanaakaan. Siihen ei minulla ole voimia, eikä rohkeutta. Ja se olisikin aivan hyödytöntä.

Kuinka voi yksi tapaus, yksi oikullinen sattuma muuttaa elämän niin harmaaksi? Ikäänkuin repiä sen ja siirtää toisia uria kulkemaan? Mitenkä saattaa sumu niin yhtäkkiä laskeutua ihmisen ympärille, peittää esineiltä värit ja auringolta kirkkauden, niin että kaikki, mikä on ollut, hämärtyy kuin uneksi, ja mikä on, siitä tuskin tietää? Ne ovat kysymyksiä, jotka kahden vuoden ajan ovat kiusanneet minua ja karkottaneet elämästäni ilon. Minusta on tuntunut kuin olisin tullut äkkiä vanhaksi. Koko ympäristö on ollut minulle vieras ja etäinen. Ja vaikka tämäkin kesä on ollut kaunis ja päivät ovat valoisia, niin että heikko hämärä, kuin yön kaukainen varjo, liittää ne toisiinsa, niin olen sitä tuskin huomannut. Kaikki on oudoksi muuttunut, yksinpä tuttavatkin. Ainoastaan hänen kuvansa on lakkaamatta ollut edessäni, hänen, joka ennen oli ystäväni, mutta nyt on poissa. Kuinka paljon olenkaan häntä ajatellut! Tuhannesti on tuntoni soimannut minua siitä, etten ole ymmärtänyt häntä, että olen kohdellut häntä väärin — ajatuksissani, tarkotan, muusta ei voi kysymys ollakaan. Mutta yhtä usein olen sadatellut häntä, sillä hänen tähtensä on elämäni näin rikkirevittyä. Minä olen koettanut tunkeutua hänen sisimpäänsä ja etsiä vaikutteita hänen tekoihinsa, mutta se on ollut epämääräistä, vaikeaa ja jokseenkin turhaa työtä. Ja

5

voimattomuudestani hermostuneena olenkin useasti
yrittänyt heittää ajatukset luotani, olen miltei rukoillut, että
jokainen entisyyden muisto kuolisi. Se ei ole auttanut.
Entistä kiihkeämpinä ovat mietteeni minut vallanneet.
Sieluni on kuin erämaa, jonka ajatusteni polttava Samum
on kuivannut; ja uusia lähteitä ei enää puhkea.

Mutta nyt on paljon minulle selvinnyt. Nyt voin ainakin
jonkun verran ymmärtää häntä. Ja myötätunto herää
minussa. Ikäänkuin raskas paino on pudonnut hartioiltani.
Ja vaikkei minulle voikaan enää mikään täydellistä lohtua
tuoda, niin olen kiitollinen siitäkin, että voin edes
rauhottua ja että minulla entisen epätietoisuuden asemasta
on nyt joukko varmoja tosiasioita.

Kuitenkaan en voi tästäkään mitään sanoa vaimolleni, ja
apein mielin minä senvuoksi olen pakotettu tarttumaan
kynään. Sillä minun täytyy saada purkautua, elää jokainen
hetki muistossani uudestaan: siten luulen elämäni
kirkastuvan, jos se mahdollista on. Minun täytyy polttaa
sieluani ajatusteni kiirastulessa, että se puhdistuisi. En siis
kirjota erityisemmin ketään varten. Jokainen sana on
enemmän itselleni, vaikka tietenkin toivon, että joku
kuolemani jälkeen saisi paperini käsiinsä ja niiden
perusteella vaimentaisi ne ilkeät huhut, jotka nimeni
ympärillä liikkuvat. Ystäväni salaperäinen katoaminen on
nimittäin antanut aihetta monenmoisiin juorupuheisiin,
joita minä olen kokonaan voimaton ehkäsemään.

Ja nyt kerron miten pääsin asioiden perille.

Ylhäällä, ullakkokerroksessa on huone, jossa ystäväni
kaikesta päättäen on paljon oleskellut, ehkäpä osaksi
kauniin näköalan vuoksi, joka avartuu akkunasta yli
Alhon. Huone on hiukan kummallinen. Seinäpaperit ja
katto ovat tumman vihreät. Kalusto on vankkaa ja

yksinkertaista tekoa. Suuri, mustalla sametilla päällystetty sohva on ovelta katsoen vasemmalla sivuseinällä. Nurkassa, akkunan vieressä, on jykevä kirjotuspöytä, jonka keskusta on vihreällä veralla peitetty; sen edessä on avara, musta nojatuoli. Mitään enempää ei huoneessa olekaan. Ei niin ainutta taulua tai asetta seinällä, ei edes kirjahyllyä. Mutta kirjotuspöydällä komeileva lamppu on merkillinen. Sen taidokkaasti tehty jalusta kannattaa kaarenmuotoista, kapeaa öljysäiliötä, mikä on kuparia ja minkä päälle kolme ihmisen pääkalloa on kiinnitetty. Kun lampun sytyttää palamaan, niin silmäreikien kohdalle asetetut linssit heittävät voimakkaan valon keskelle pöytää, mutta muuten jää huone omituiseen, vihertävään puolihämärään, joka antaa kasvoille aavemaisen värin. Myönnän, että lamppu vähäsen kammottaa minua. Pääkallojen silmät syöksevät voimakasta kirkkautta, valkeat hampaat välkkyvät, mutta kasvoluitten ääriviivat ikäänkuin haihtuvat vihreään hämyyn. Muuta "koristetta" ei pöydällä olekaan, sillä itse kirjotuskoje on varsin yksinkertainen kaksine metallitolppoineen. Ja paino, joka on ollut hänen papereittensa päällä, on vaatimaton, suorakaiteen muotoinen marmoripala.

Tässä huoneessa on minulla ollut tapana usein viettää yksinäisiä hetkiäni. Niinpä siis pari päivää sitten myöskin menin sinne ja heittäydyin nojatuoliin harmaihin ajatuksiin vaipuneena. Ja kuten niin usein ennenkin, minä nytkin hajamielisenä ja vaistomaisesti vetelin auki kirjotuspöydän laatikoita ja sulin jälleen. Ne olivat tyhjiä lukuunottamatta yhtä, joka sisälsi kemiallisia tarpeita. Siellä oli pari pientä retorttia, koelaseja ja ohutseinäinen keitinpullo. Sitäpaitsi oli siellä viottunut, kolmisärmäinen prisma, joka nähtävästi oli kuulunut Bunsenin spektroskopiin, ja suuri joukko erilaisia kaasuja sisältäviä Geisslerin putkia, joita hän arvattavasti oli käyttänyt spektralianalyseissä.

7

En tiedä miksi nyt rupesin purkamaan laatikon sisältöä
pöydälle. Otin pois kaikki putket ja tarkastelin
päälleliimatuista lapuista, mitä mikin sisälsi. Kun olin
saanut laatikon tyhjäksi, niin pisti äkkiä silmiini — vaikka
olinkin välinpitämätön ja hajamielinen — sen omituinen
mataluus. Uteliaana vedin minä laatikon kokonaan ulos.
Sen toisessa päässä oli pieni lista. Hermoni kiihottuivat ja
tavaton jännitys pani sydämeni sykkimään. Tartuin lujasti
listaan ja vedin. Välipohja tuli ulos kuin uunin pelti. Sen
alla oli pieni vihko, jonka ympäri keltanen side kulki.
Avasin nauhan suonenvedontapaisella kiihkeydellä. Vihko
oli ystäväni kirjotusta täynnä ja sen väliin oli pantu
muutamia irtonaisia lehtiä. Jännitys laukesi. Uskomaton
voimattomuus herpasi jäseneni. Pitkään aikaan en
liikkunut, en edes ajatellut.

Kun hiukan olin tointunut, panin kaikki paikoilleen, otin
vihkon ja menin alas huoneeseeni. Sitten luin tarkasti, mitä
vihko sisälsi. Kun olin päässyt läpi, niin myötätunto
värähteli rinnassani, ja tuijottaessani ulos, kesäyön
hämärään, alkoivat ajatukseni kulkea omia polkujaan. Moni
seikka, jota ennen olin vain epäillyt tai aavistanut, selkeni
minulle. Ja ymmärrän nyt, ettei hän koskaan palaa. — Koko
yönä en voinut nukkua.

Taidan kirjottaa sekavasti, enkä tiedä, jaksaako kukaan
minua ymmärtää.
Mutta mieleni on ainakin näin alussa niin ääriään myöten
täynnä.
Sitäpaitsi olen hermostunut ja järkeni toimii niin
kiihottuneesti, että
kenties liian nopeasti siirryn asiasta toiseen.

Tähän kohtaan kirjotustani liitän ystäväni muistelmat.
Tiedän kyllä, ettei se ole paikallaan. Sillä asiat, jotka vastedes
aion kertoa ja jotka minulle olivat arvotuksia, muuttuvat

koko joukon luonnollisemmiksi ja helposti käsitettäviksi. Kukaan ei näinollen voi myöskään ymmärtää niitä salaperäisiä aavistuksia, kauheita ajatuksia ja uskomattomia unia, jotka kahden vuoden ajan, ja ennemminkin, ovat kiduttaneet minua. Mutta en välitä siitä. Minä tavallani syrjäytän itseni. Sillä ystäväni on sittenkin pääasia.

II.

Aarne Kurimon kirjotuksia.

1.

Mitäpä muuta voisin tehdä näiden jälelläolevien viikkojen aikana, kuin muistella menneitä vaiheitani, omituisia, entisiä tapahtumia vähäpätöisten surujen päivinä. Olenhan nyt, yhdeksäntoistavuotiaana, sanonut hyvästit lapsuudelle, pelkäänpä nuoruudellekin, ja silloin tällöin vilkasen minä peiliin nähdäkseni, eikö vanhuuden ryppyjä ole jo kasvoihini uurtunut. Kuukauden on äitini ollut kuolleena, ja koko sen ajan on yhtämittainen hymy värehtinyt huulillani murheeni ainoana merkkinä.

Autuaan liikutuksen vallassa minä unohdun ajattelemaan lapsuuteni aurinkoisia kesiä, jolloin paroni Dahlin pojat olivat kartanossa kesävieraina ja jolloin aikani kului heidän kanssaan, sekä leikissä, että tappelussa. Mutta päiväkirjani alkaa vasta niiltä ajoin, jolloin Märta ensimäisiä kertoja kävi Haukiojalla. Hän seurasi minua ravustusmatkoilla. Minä nostelin hänet ojien yli ja pidin hänestä kuin pikkusiskostani. Onnellisena minä niinä kesinä huuhtelin vaivattoman hikeni Alhojärven aalloissa.

Mutta sitten jäin niin yksinäiseksi, kun ei Märta eivätkä Dahlin pojatkaan enää tulleet. Talvisin kyllä olimme kaupungissa, kun minä kävin koulua. Mutta kesäksi tulimme Haukiojalle. Olin yksin ja omituinen kaipaus alkoi

10

kyteä mielessäni. Ja luulin paljon tietäväni, kun sain selville, että Haukiojan herra, tuo yksinäinen vanhapoika, oli isäni ja että juuri hän oli lahjottanut kotimökkini äidilleni. Nyt tiedän vain sen, etten mitään tiedä. Ja niin hillitty valo on jokaisen mielikuvani yllä, kun muistelen tätä kaikkea ja katson tapauksia suruni tumman harson läpi.

Minä olen päiväkirjassani hyvin laajasti kuvaillut ensimäistä päivää, jonka olin Haukiojalla ylioppilaaksi tuloni jälkeen. Olen kertonut yksityiskohtia myöten matkani. Sillä olinhan silloin onnellinen. Ajatukset hyväilivät ylpeyttäni. Ja taisinpa tosiaan, kuten olen kirjottanut, riemuissani nostaa lakkia Tom-ystävälleni, kartanon suurelle, sysimustalle new-foundlantilaiskoiralle, joka oli minuun hyvin kiintynyt. Mutta pohjasävelenä soi kaikessa kumminkin tieto, että Märta jälleen oli tullut kesävieraaksi. Kaikki muu on turhaa. Ja olisin aivan yhtä hyvin voinut täyttää tuolla ainoalla lauseella jokaisen sivun. Enhän ollut nähnyt häntä neljään vuoteen.

Väitteeni todistuksen löydän tunnelmapalasissa yksinäisiltä retkiltäni metsissä ja Alhon rannoilla, jolloin tuntikaudet saatoin istua kallioilla, katsellen miten vedet kuusiakasvavain saarten välissä lainehtivat, ja jolloin tuhlasin runsaasti hyväilyjä Tomille, uskolliselle seuralaiselleni. Minun rauhattomuuttani kuvaavat selvästi lauseet sellaiset kuin: "Tunteekohan hän minua vielä? Tuskin. Mitäpä hän, Märta af Silfverhorn, aatelisneito! Kylläkai hän on tullut ylpeäksi!" Ja minä muistan katkeruuteni, kun hän vain kylmästi nyökkäsi ensimäiseen tervehdykseeni. Hän käveli silloin lehtokujalla äitinsä kanssa, ja hänellä oli valkea puku. Tulin tuskaiseksi. Mutta kuitenkin täytyy minun nyt jälestäpäin sanoa, että tuolla tuskalla oli ikäänkuin ruusujen tuoksu. Olinhan silloin vielä lapsi, silloin, puolitoista vuotta sitten.

Minun mielialojeni ailahtelut näkyvät siitäkin, että tulin
hyvin iloiseksi kohdatessani Märtan järvellä, ongella
ollessani. Nuo tavalliset kysymykset, tuleeko kaloja j.n.e.,
jotka hän etäämpää veneestään teki minulle ja joihin minä
tukahtunein äänin jotakin vastasin, ovat antaneet aihetta
pitkiin muistiinpanoihin. Sitävastoin olen aivan lyhyesti
maininnut heinäniittytapauksen, joka kuitenkin nyt tuntuu
niin ihanalta.

Olin mennyt naapurin isännän edestä yöksi niittämään
kartanon heinää. Olimme jokiniityllä, jonka vaan maantie ja
tiheä kuusiaita erottivat kartanon puistosta. Ilta jo
tummeni. Joku kevyt pilvi kylpi auringonlaskun
kalpenevassa kullassa. Joen päällä usva kiemurteli kuin
suunnaton, valkea käärme. Etäänpänä ruisrääkkä äänsi.
Heinän tuoksu kohosi sieramiin ja sai hengittämään
syvään.

Lappasin viikatettani, aivan lähellä maantietä, laulaen:

Olen töllistä matalasta kotosin vaan minkäs teen minä
sille. Vaikka en kelpaa ma komeille niin ainakin
halvemmille.

Silloin kuulin sointuvan äänen sanovan:

— Vai niin. Tekö täällä laulattekin.

Säpsähdin. Valkopukuinen, solakka nainen seisoi tiellä.
Hämärä teki kasvot epäselviksi. Silmien kohdalla näkyi vain
tummat varjot. Siitä huolimatta tunsin hänet Märta-neidiksi
ja nostin hattuani.

— Taisin häiritä, suokaa anteeksi, sain sanotuksi.

— Ei. Ette ollenkaan! Laulakaa vaan. Kuulin sen puistoon,
kun olin kävelemässä.

Syntyi pitkä äänettömyys. Minulla ei ollut mitään vastattavaa, ja oudon tunteen puristaessa rintaani, aloin jälleen lapata... Kas vaan. Hän oli tuntenut minut hämyssäkin... Hänen kulmiensa varjot ulottuivat niin pitkälle poskia alas... Ja minä mietin hetken menneitä aikoja... Kun katsoin, seisoi hän siinä vielä... Hyvänen aika! Hän kai nautti minun neuvottomuudestani.

— On kovasti kaunista ja viileää. Tulee vain niin aikaisin jo hämärä, pakotin itseni sanomaan.

— Niin. Ja täällä te niitätte läpi yön. Voi miten heinät tuoksuvat! Siellä on kai minttuja, kun tuntuu niin väkevältä? Minä... Mutta sitten hän lopetti ja katsoi alas...

— Kyllä. Siellä täällä on joitakuita. Ne tuskin kukkivat vielä.

Taas pitkä vaitiolo. Avuttomuuttani peittääkseni minä kumarruin. Poimin muutamia minttuja. Samalla huomasin ojassa kasvavan lemmikkejä. Niitä otin joitakuita ja jäin äänettömänä seisomaan hypistellen kukkia käsissäni. Vihdoin rohkasin itseni ja astuin maantielle.

— Täällä on myös lemmikkejä. Kenties uskallan tarjota, jos neitiä haluttaisi?

Märta punastui, mutta hän otti kukat ja kiitti minua. Mitään enempää ei hän kuitenkaan sanonut.

Seisoessani siinä hänen vieressään, huomasin vasta, kuinka hän oli muuttunut. Kulmakarvat olivat kasvaneet tuuheiksi ja niiden varjosta suuret sinisilmät säteilivät. Hiukset ympäröivät otsaa tummana kehänä. Punaset huulet kaareutuivat kauniisti. Sieramet olivat hienot ja herkät. Eniten minua kuitenkin ihmetytti hänen hoikka, kehittynyt vartalonsa. Vastahan hän oli kuusitoistavuotias... Tummanpunainen ruusu nuokkui hänen rinnassaan.

13

Kun ei hän mitään puhunut, menin jälleen viikatteeni luo. Hetken aikaa seisoin vielä äänettömyydestä kiusaantuneena. Miksei hän jo lähtenyt? Mitä hän siinä enää seisoi?... Ja minä nostin hattuani ja aloin jälleen niittää. Mutta kun käännyin uutta lakihista ottamaan oli hän vielä paikallaan. Se kummastutti minua, mutta en sanonut mitään.

Olin juuri aikeessa taas ruveta niittämään, kun hän hitaasti astui maantieltä luokseni. Hän oli ottanut ruusun rinnastaan ja pyöritteli sitä kädessään. Hänen kasvojensa ilme oli epämääräinen ja hän katsoi maahan. Ihmettelin häntä ja luulin hänen aikovan antaa kukan minulle. Mutta äkkiä hän punastui. Hän katsoi toisaanne ja repi ruusun, valkeilla, hermostuneilla sormillaan... Hiljaisuus oli aivan sietämätön...

— Neiti kastaa kenkänsä, heinä on jo märkää, sanoin vihdoin omituisella äänellä, jonka tukahtunut sävy tuli siihen tahtomattani.

Hän katsoi jalkoihinsa ja levitti hiukan hamettaan nähdäkseen paremmin.

— Minun täytyy nyt mennä. Hyvästi, sanoi hän ojentaen minulle kätensä, joka värähteli hiukan.

Kumarsin syvään ja veri suhisi korvissani. Kun tulin jälleen entiselleen, oli hän jo hävinnyt suurten puiden varjoon. Vai niin, ajattelin. No... Ja mietteeni ajoivat toisiaan takaa. Viikatekin puri kuin itsestään.

Saran alapäässä niittäjät minulle naureskelivat.

— Taisi puhua mukavia se kartanon neiti, vai?

Minä vain hymyilin heille.

Minä muistan kaiken aivan selvästi, ja on kuin nytkin
kuulisin viikatteen yksitoikkoiset humahdukset, jotka saivat
mielen niin pehmeäksi ja kesäyön tunnelmaa täyteen. Ja
vaikken olekaan kuvannut tätä tapahtumaa päiväkirjassani,
niin on sen vaikutus helposti havaittavissa, ja olen sanonut,
että "se seurasi minua kuin salaperäinen varjo, josta ei eroon
päässyt."

Mitä sitten seurasi on aivan tavallista. Ja vaikka olen
merkinnyt muistiin jokaisen yksityisen kohtauksen, pitäen
kutakin aivan harvinaisena, niin täytyy minun myöntää,
että kaikki on ollut hyvin tavallista, ja että tuo omituinen
ravustusmatkakin, jolloin huulemme ensikertaa yhtyivät,
on pelkkää koulupoikaromantikkaa. Mutta sydämeni
värähtelee vielä, muistellessani idyllimäisiä kohtauksiamme
vanhassa puistossa, missä kevätiltojen kuulakka hämy
kuunteli meidän mielettömiä kuiskauksiamme. Suuren
lehmuksen varjossa me istuimme onnessamme puhtaina ja
palavina.

Sinä olit oikullinen lapsi, Märta, ja kenties minäkin. Me
haavotimme toisiamme, kärsimme nuorta kipua ja
annoimme taas anteeksi. Ah, Märta, Märta, kuinka monasti
sinun valkeat käsivartesi kiertyivät minun kaulani ympäri.
Ja vaikkei se aika enää palaa, eikä palata voi, niin minä
kiitän sinua jokaisesta hetkestä, ja minä tahtoisin vaipua
polvilleni muistojeni hartaudessa.

2.

Märta! Ylpeänä ja itsekin kärsien sinä jätit minut omaan
vähäpätöisyyteeni. Minä ajattelen ennen kaikkea viimeistä
kohtaustamme sinä kesänä, jolloin rakastit minua ja parin
viikon ajan annoit minun olla autuaana. Sinä tiesit kyllä,
että kaikki se katkeruus, jolla sinua kohtelin, oli tuskasta

johtunut. Olinhan odottanut sinua turhaan jo kolmena iltana ollenkaan tietämättä syytä poissaoloosi. Ja kun vihdoin tulit ja tahallisen kylmästi ojensit minulle kätesi, niin en voinut enää estää pistäviä sanojani purkautumasta. Lapsellisesti ja katkerasti minä viittasin sinun ylhäisyyteesi ja sanoin olevani vain orpo lurjus.

Mutta sinä astuit askeleen taapäin ja silmäsi välähtivät. Huohottaen tuijotit minua hetken. Sitten tyyneytesi palasi ja ylpeästi sinä vastasit: "Se on aivan totta. Huomaan sen nyt itsekin." Ja kuin jostain kaukaa minä muistan kuulleeni sinun sanovan: hyvästi. Et tiennyt miten minä kulin kotiin sinä iltana ja minkälaisten tunteiden vallassa minä kirjotin: "Ja kun avaan oven, niin huoneeni kolkko pimeys sulkee minut syleilyynsä."

Sinä matkustit enkä tavannut sinua enää.

Silloin alkoi minun sairauteni. Ja vaikka minun nyt täytyy kaikelle hymyillä, niin tunnen vieläkin outoa liikutusta. Onnettomana harhailin yksin metsissä ja pelkäsin äitini silmiä, jotka näyttivät voivan tunkeutua läpi sydämeni. Minä soimasin itseäni ja pilkkasin omia tunteitani uhmaisin voimin. Onneksi oli kesä loppuun kulunut, joten minun täytyi lähteä Helsinkiin.

Toverieni seura virkisti minua hiukan. Mutta omituinen muutos tapahtui luonteessani. Puhetapani kävi pisteliääksi ja kiusanhaluiseksi. En ymmärtänyt ylioppilastovereitani, joiden nuoret sydämet hehkuivat isänmaalle ja jaloille aatteille. Minä ivasin heidän harrastuksiaan. Ja uhmani sokeassa, lapsellisessa vimmassa rupesin ryypiskelemään. Lopetin päiväkirjan pidon ja vakuutin itselleni etsiväni vain hetkien riemua. Hain uskonkappaleita dekadenttisesta kirjallisuudesta. Minä loukkasin äitiäni ja kohtelin häntä tylysti. Ja kun kuulin hänen nyyhkivän, niin syöksyin ulos

16

toverieni seuraan.

Niihin aikoihin minä mielettömyydessäni ja janoavassa kaipauksessani aloin suhteeni Helvi Lindiin, jonka ihmeelliset silmät olivat hurmanneet koko toveripiirini. Tuntematta ollenkaan lähempää kiintymystä minä kerran, tanssiessani hänen kanssaan, tuijotin häntä silmiin ja puristaen hänen kättään kuiskasin: minä rakastan sinua. Ja ennenkuin hän ehti tointua hämmästyksestään, jätin hänet kumartaen, ja hän vaipui tuolilleen vuoroin kalveten vuoroin punastuen.

Tämä uhmailuni ja kiusanhaluni jatkui vielä siten, että heti kirjotin hänelle kirjeen, jossa selitin menehtyväni tuskani taakan alle, ellen tunnustaisi hänelle lempeäni. Se oli mieletön teko. Kuitenkin vastasi hän minulle sydämellisesti vaikka luotaansysäävästi. Lapsellisuudessaan hän näytti kirjeeni uskotuilleen. Tieto levisi nopeasti ja minusta tuli rakkauden marttyyri. Häpeäni tuskassa minä heittäydyin yhä hurjemmaksi. Minä iskin elämälläni äitini sydämeen kuolinhaavat. Ja kaikkeen luultiin Helvin olevan syypään.

Mutta minä voitin sittenkin Helvin rakkauden. Ylpeänä ja itserakkaana minä join hänen huultensa hekumaa; tahdoinhan etsiä hetkien iloa. Ja luulinpa toisinaan rakastavani häntä. Mutta minä heräsin pian ja etsin senjälkeen vain tilaisuutta päästäkseni hänestä hiljaa ja huomaamatta. Löysin tekosyyn. Ja olin jo niin sydämettömäksi kivettynyt että pirullisella tyyneydellä kirjotin hänelle kaikkirikkovan kirjeen. Sirotin siihen mielipiteitä, joita hän ei voinut sietää, syytöksiä ja epätoivoa. Saavutin toivotun tuloksen.

Sitten seurasi aika, jolloin minä raivoisan vimman valtaamana aloin tehdä työtä. Minä syvennyin historiaan ja rupesin sen ohessa lukemaan kemiaa. Ja mitä vaikeammalta

17

työ tuntui, sitä itsepintaisemmin kävin siihen käsiksi. Se tuotti minulle omituista nautintoa, jonka ainoastaan itsensä kidutus saattaa synnyttää.

Äitini kävi minulle helläksi, niin sydämellisen huolehtivaksi, että se teki minulle pahaa. Otin jälleen esille päiväkirjani, ja ihmetellen minä nyt näen, että ensimäiseksi olen kirjottanut: "Märta, minä riipun vielä sinussa, täydellisesti!"

Mutta minä olin sairas. Jokainen ääneni vivahdus ja käteni liike ilmasi hermostoni ärtyisyyden. Ja turhaan minä opettelin vaikeimpina hetkinäni hymyilemään. Olin synkkä ja epätoivoinen. En ollut toivoton siinä merkityksessä, että olisin luullut mahdottomaksi halujeni toteutumisen, en vain tiennyt mitään, mitä olisin toivonut.

3.

Kun hermostuneena ja kiusaantuneena jälleen tulin kesälomalle, sain ensimäiseksi tietää, että Tom oli ammuttu. Sehän oli oikeastaan pieni asia, mutia se tuotti minulle siitä huolimatta omituista tuskaa. Hurja toivomus valtasi minut. Olisin tahtonut, että kaikki, mikä minulle oli kallista yhtäkkiä olisi temmattu pois minulta, jotta olisin jäänyt yksin kuin erämaan autiuteen. Hehkuvin haluin minä toivotin itselleni kärsimystä ja janosin tuskaa. Minä kidutin itseäni pessimistisillä mietteillä. Sillä tämä kaikki oli ominaista sairaudelleni, jonka koko traagillisuus oli siinä, ettei se sisältänyt muuta kuin valheellista tragikkaa.

Mutta jo ensimäisenä iltana, maatessani Alhon rannalla, minä tunsin huojennusta. Ihmeellinen, himmeä valo, joka läpäsi yli seudun; tyyni järvenpinta, josta vastarannan neitseellinen metsä kuvastui ja jonka peilikirkkaan kalvon vain joku perhoatavottava kala silloin tällöin särki hopeisena värehtimään; valkea, uneksiva kartano lahden pohjukassa — kaikki tämä hurmasi minut. Entisyyden muistot hiipivät mieleeni. Minä laskin pääni kiven varaan ja uneksin. Hieno henkäys liikahti ilmassa. Alho värähti. Nuoret kaislat vapisivat hiljaa kuiskien. Alhaalta lepikosta kielojen tuoksu hulmahti kasvoilleni...

Toisena päivänä tapasin Märtan. Hän istui ruohopengermällä lehtokujan alapäässä ja luki. Hän ei ollut ensin minua huomaavinaan, ja vasta kun olin ehtiä hänen ohitseen, hän nopeasti nousi tervehtimään. "Tekin olette jo täällä", sanoi hän hypistellen kirjaansa. Hän tahtoi vain lausua tervetuloa, ei muuta. Vaikka hänen teitittelynsä katkeroitti minua, niin vastasin hymyillen: "niin, neiti", enkä kiittänyt. Tietysti niin ylhäisellä tytöllä oli oikeus unohtaa, ajattelin. Syntyi äänettömyys. "Tom on nyt ammuttu", sanoi hän äkkiä muuttunein äänin. "Se taisi olla ystävänne, vai kuinka?" "Kyllä, neiti, ainoa ystäväni." "Niin, tahdoin vain tervehtiä, hyvästi." — Omituinen ja tukahtunut oli keskustelumme. Ja kun nyt jälestäpäin ajattelen, voin sanoa samaa jokaisesta sananvaihdostamme.

Mitä pitemmälti kesää kului, sitä virkistävämmin alkoi luonto minuun vaikuttaa. Minä huomasi sen ja antauduin sille yhä täydellisemmin. Minun synkkyyteni haihtui ja raskas mielialani suli hiljaiseksi kaihoksi. Jotakin alkuperäisestä itsestäni palasi, vai oliko kaikki vain etäisiä säveliä lapsuuteni maailmoista.

Ehkä koko kesä olisi kulunut yhtä hiljaa, ellen olisi sammuttanut nokivalkeaa kartanossa. Olin ainoa, joka lahoja tikapuita myöten uskalsin kiivetä katolle, ja kaikki olisikin käynyt hyvin, ellei paroni Dahl, senjälkeen kun vaara oli ohitse, olisi huutanut minulle bravo ja nostanut hattuaan. Kun siellä ylhäällä hänelle kumarsin ja samalla näin nuoren Henrik Dahlin, joka vastikään oli Haukiojalle saapunut, seisovan Märtan rinnalla, niin omituisen tunteen hyväilemänä minä liikaa ripeästi lähdin alas. Tikapuut pettivät, putosin, nousin ylös ja koetin hymyillä, sitten menin tainnoksiin. Mutta vasta kun äitini sairaana maatessani kertoi, että Märta neiti oli huudahtaen ensimäisenä syöksynyt luokseni ja omaan, hienoon nenäliinaansa pyyhkinyt verivaahdon suultani, täytti haikea liikutus mieleni. Muistan hyvin unen jonka silloin näin: Olin metsässä. Ympärilläni oli pimeää ja ahdistavaa. Suunnattomat puut seisoivat juroina ja synkkinä ja oudot pedot karjuivat etäämpänä. Olin vaikeasti haavottunut ja ääneen valittaen minä harhailin eksyksissä. Minua janotti, mutta vettä ei ollut missään. Olin aivan näännyksissä, lankesin väliin ja taas nousin. Vihdoin astuin kapeasta rakosesta suuren puun sisään. Ihana laakso aukeni eteeni. Päivä paistoi. Linnut visertivät. Kukat heiluivat hiljaa tuulessa ja niiden keskellä kirkas puro lirisi. Nurmikolla lepäsi metsänneito vaaleanviheriään harsoon kääriytyneenä. Hänen valkeat jäsenensä säteilivät auringon kimalteessa. Minä konttasin hänen luokseen. "Antakaa minun juoda, metsänneito, näettehän, että olen uuvuksissa." "Mitä sanotte?" "Pyytäisin vain juoda purostanne, jos sallitte." Hänen smaragdinvihreät silmänsä säihkyivät. Hän taittoi vierestään suuren kellokukan, jonka terälehdet olivat kultaa ja heteinä rubinit kimmelsivät. Hän täytti sen vedellä. "Tässä, olkaa hyvä." Minä join juomistani. Neste ei loppunut kasvin terien maljasta, mutta janonikaan ei sammunut. Silloin ojensi hän minulle punaset huulensa... Katsoin häntä kasvoihin. Tuuheat kulmakarvat... Hyvänen aika, Märtan piirteet... Heräsin ja pyysin äidiltä lasin vettä.

Sitten ei tapahtunut mitään elokuuhun asti. Sain vaan tietää, että Märta ja Henrik usein kävelivät puistossa iltasin. Ja kun istuin kotini pienessä puutarhassa katsellen, miten kuu valoi hopeitaan yli Alhon ja kuunnellen, miten sorsat

20

ruohikossa ääntelivät, niin sekavin tuntein minä ajattelin heitä ja puiston varjoisia käytäviä. "Olenhan siellä minäkin viettänyt hetkiä, joita muistellessani en oikein tiedä riemustako vai murheesta hymyilisin", olen niihin aikoihin kirjottanut päiväkirjaani.

Mutta elokuussa oli kamppitanssit kartanon suuressa vaunuvajassa. Ja kaikki mitä siellä tapahtui on ilmielävänä mielessäni. Koko illan sinä, Märta tuijotit minua ihmeellisillä silmilläsi, jotka lumosivat minut. Ah, mutta en tullut sinua tanssiin pyytämään, olihan sinulla Henrik. En voinutkaan tulla, sillä minä vapisin kauneutesi tenhoamana. Mutta äkkiä sinä astuit luokseni. Minun silmissäni pimeni, ja tuskin tiesin pyöriväni kanssasi, ennenkuin kuulin äänesi: "Sinä et ollenkaan tanssita minua enää, Aarne." Sinuttelit minua jälleen, Märta. Mutta minä vastasin tukahtuneesti, nääntymäisilläni valkean kätesi hiljaisesta värinästä. "Eihän minun sovi tulla neitiä pyytämään." Varjo lensi sinun kasvojesi yli; olit kauan vaiti. "Henrik ei enää taida olla ystävänne?" kysyit. "Ei, ei hän tunne minua enää." Seurasi taas äänettömyys. Äkkiä sinä kalpenit ja silmiesi syvyydet kimalsivat kuin metsälähteet. Hiljaa kuiskasit "Aarne." Korvissani humisi. "Mutta etkö sitten näe, että rakastan sinua vielä", sinä vaivoin ja vavahtelevin huulin sanoit. Vaistomaisesti pusersin sinun kättäsi. Kuin jostain kaukaa kuulin äänesi: "Huomenna, orapihlajan alla."

Ah, Märta, miksi lähenit minua vain kiduttaaksesi minua. Sinä sait minut pois suunniltani ja pakotit minut mielettömiin tekoihin. Mutta en jaksa niihin kajota. Ne ovat liian lähellä vielä.

Irtonaisia lehtiä.

11.VIII.

Minä hiivin puistoon kiduttavan jännityksen vallassa ja asetun orapihlajapensaan varjoon. Ei hiiskahdustakaan, ainoastaan sydämeni sykkii levottomana. Kuu paistaa, mutta pensaan takana on pimeää. Korvani tavottaa jokaisen äänen, jokaisen pienimmänkin rasahduksen, ja säpsähdän jos lehtikin liikahtaa.

Kuulen askelia hiekkakäytävältä... Sitten hiljaista keskustelua... Juoksen kiireesti vähän matkaa pois ja heittäydyn spireapensaan juurelle pitkäkseni.

Tunnen Märtan ja Henrikin kuun valossa. He kulkevat käsi kädessä ohi orapihlajan, ja Märtan nauru helisee. Näen Märtan vilkuvan sivulleen salavihkaa, ja hän on lähellä Henrikkiä, aivan kiini Henrikissä. Minä makaan kuin kivettynyt; onpa hyvä, etteivät he voi minua huomata. Vai niin. Märta on taas katunut sanojaan, eilistä rohkeuttaan. Hän tahtoo näyttää miten kokonaan olen hänen vallassaan ja miten vähän merkitsen hänelle. No hyvä. En minäkään valita...

14.VIII

Olen menossa kartanoon käsin. Kalliolla, vähän ylempänä lehtokujan alapäätä, huomaan Märtan vattuja syömässä. Kumma kyllä, hän on aivan yksin. Henrikkiä ei näy missään.

Omituinen ajatus pälkähtää äkkiä päähäni. Jaha!... Ja minä riennän hänen luokseen.

Tartun omin lupineni hänen käteensä tervehtiessäni.

— Minun piti vain pyytää anteeksi sinulta, Märta, En voinut silloin illalla tulla sinua tapaamaan. Olin estetty. Älä ole pahoillasi.

Hän hämmästyy. Sanani vaikuttavat niin, ettei hän osaa vastata. Mutta minussa kiehuu kostonhalu.

— Arvasin kyllä, että tulisit tännepäin saadaksesi tavata minua. Olet joka päivä tainnut tässä odotella. Hyvänen aika.

Hän kalpenee raivosta ja puree huultaan. Mutta hän on niin loukkaantunut, ettei hän saa sanaakaan suustaan ja neuvottomuus nostaa kosteuden hänen salamoiviin silmiinsä. Vaitioloa kestää kauan.

Vihdoin outo tuska valtaa minut. Tartun uudelleen hänen käteensä ja soperran epäselvästi.

— Ei, ei... Anna anteeksi minulle, Märta... Märta, miksi sinä kidutat minua?... Hyvä Jumala! Miksi olet niin oikullinen?

Hänen povensa nousee ja laskee kiihkeästi ja sieramet värähtelevät. Pari kyyneltä kiertyy hänen silmistään. Minä vedän hänet rintaani vasten. Ja kuin tuskan pakottamana heittäytyy hän hervottomasti käsivarteni varaan ja kiertää kätensä kaulaani... Sanaakaan ei vaihdeta...

Yhtäkkiä huomaan Henrikin tulevan. Kyyristyn vattupensaisiin ja tuijotan Märtaa liikutuksesta kalpeana. Sitten sanon hänelle matalalla, vavahtelevalla äänellä.

— Märta! Puoli kaksitoista seison akkunasi alla.

Senjälkeen poistun nopeasti kallion toiselle puolelle vattupensaiden suojassa.

Olen kuin juopunut. Linnut hyppelevät puiden oksilla ja metsäkaunokit huojuvat punasina pitkissä varsissaan. Kylläpä ne keinuvat kauniisti... Teen pitkän kierroksen

23

metsään. Tänä iltana olen luvannut mennä. Puoli
kaksitoista tänä iltana... Kylläpä mustikat helottavat
kummallisesti. En ole sitä ennen huomannutkaan...
Hyppään suurelle kivelle ja huudan: eläköön! Kolme kertaa
peräkkäin, sillä riemuni on niin valtava. Ja minä otan lakin
pois päästäni. Niin, avopäin tahdon kulkea onnessani
metsän pilariston keskellä...

Käyn kartanossa ja kun palaan, kohtaan Märtan ja
Henrikin lehtokujalla kotiin tulossa. Minä nostan lakkiani
ja Märta vastaa ylpeästi. Kyllä minä sen ymmärrän ja annan
anteeksi. Henrik tuskin nyökkää, vaikka on lapsuuden
toverini. Hänen ylhäisyytensä! ajattelen. Hänen
ylhäisyytensä ja tällainen orpo saakeli. Vaikka mitäpä
hänestä. Tekisi mieleni juosta hänen luokseen ja huutaa
hänen korvaansa: Terve Heikki! Täyttä kurkkua kiljasta:
terve! Ja sitten panna lakki kallelleen ja kädet
housuntaskuihin ja poislähtiessä katsoa häneen hymyillen
yli olan...

Pengermällä ovat he istuneet, koska ruoho on tallattua. Ka,
siinä on hansikaskin. Tietysti unohtunut! Minä suutelen
sitä ja lähden juoksujalkaa takasinpäin.

Pysähdyn heistä parin askeleen päähän ja otan hatun pois
päästäni.

— Anteeksi. Tämä kai on neidin? Löysin sen tiepuolesta. Se
on varmaankin pudonnut.

Henrik kiiruhtaa luokseni ottaakseen hansikkaan, mutta
ilkeästi hymyillen astun minä hänen ohitseen.

— Tämä on kai neidin, toistan.

Hieno ryppy ilmaantuu Märtan otsalle.

— Ei, kyllä te saatte sen pitää, jos haluatte.

— Mitenkä?

— Saatte pitää sen. Heitin sen tahallani.

— ???

— Niin. Toinen meni rikki äskettäin, joten toinenkin oli aivan viraton... Onko jotain muuta?

— Ei, ei muuta.

He lähtevät. Tuijotan heidän jälkeensä hämmästyksestä sanattomana, sillä tiedän, että Märta on kaiken valehdellut.

— Niin, saatte kyllä pitää sen. Kiitoksia hyväntahtoisuudestanne, huutaa hän vielä armollisesti viitaten kädellään.

Katkeruus kiehuu rinnassani. Tällätavoin Märta kosti äskeisen kohtauksemme. Hän lahjotti minulle hansikkaan. Oikein uuden ja hienon hansikkaan.

Kello lähenee yhtätoista. Kulen hitaasti lehtokujaa pitkin. Poikkean oikealle ja menen Alhon rantaa myöten kartanomäen juurelle. Nousen varovasti ylemmäs suurten puiden suojassa. Sitten juoksen avoimen paikan yli korkean tuijan varjoon ja jään kuuntelemaan. Ei hiiskahdustakaan. Tulet ovat kartanossa sammutetut ja suuri valkea rakennus näyttää nukkuvan. Alho on tyyni ja sen yllä on kuun hopeahohde. Venesillan liput riippuvat unisina alaspäin, mutta saunan ikkunat säihkyvät. Ruohokentillä kaste kimaltelee. Puiden ja pensaiden varjot ovat heittäytyneet suulleen pehmeälle nurmelle, voidakseen tukahuttaa ilmoillepyrkivän naurunsa. Puistossa Pan soittaa ja metsänneito säestää kuun säteillä, jotka harpun kielten kaltaisina riippuvat viistoon lehvien pienistä rei'istä.

Jatkan matkaani syrenipensaston suojassa. Hiivin pienen vaahteran alle, ja saatan siitä nähdä Märtan huoneen puistoonpäin oleva ikkunan. Valoa ei ole sisällä, mutta uutimia ei ole laskettu alas.

Seison vaahteran alla kauan. Sydämeni sykkii kuuluvasti ja hiki kihoilee otsallani. Vihdoin astun mahdollisimman hiljaa hiekkakäytävän yli ja pääsen siperialaisen hernepensaan suojaan. Siinä taas kuuntelen. Jokiniityllä hevosenkellot kalisevat, mutta muuten ei ääntäkään. Ainoastaan vereni kohisee korvissani. Happomarjan raakaleet välkkyvät kuunvalossa ja hopeapensaan lehdet kiiltävät. Resedan tuoksu läheisestä kukkasoikiosta tunkeutuu sieramiini.

Katson kelloani: aika on tullut. Hiivin lähemmäs ja kun hiekka käytävillä rasahtaa, niin säpsähdän. Asetun hänen akkunansa alle.

Seison liikkumattomana ja tuijotan ruutuihin. En hievauta jäsentäkään. Hetket tuntuvat iankaikkisuudelta, ja olen hiestä märkä, vaikka ilma on niin viileä. Mutta mitään ei näy... Rattaiden kolina kuuluu selvästi etäämpää maantieltä...

Hyvänen aika. Miksi pysyy Märtan akkuna yhä sulettuna? ... Tunnen hermostuvani... Sitten, yhtäkkiä pälkähtää päähäni ajatus: hän antoi hansikkaansa, hansikkaansa... Vai niin. No hyvä!...

Silloin, hiljaa, valkea haamu ilmaantuu akkunaan. Ajatukseni sekaantuvat ja sydämeni on pakahtua. Tuijotan häneen liikkumattomana kuin patsas. Kaikki humisee ympärilläni. Kaikki on kuin unta.

Olento katselee minua hetken totisena; hänen kasvonsa

näyttävät liidun karvaisilta kuutamossa. Sitten, äänettömästi, avaa hän akkunan, ja kun en vieläkään liikahda, ojentaa hän kätensä. Kuin kutsuakseen...

Silloin salaperäinen voima valtaa minut. Joku sisäinen pakko saa minut ryhtymään tekoon, jota en ymmärrä, josta en ole vastuunalainen: Minä päästän pitkän, käheän naurun ja kyyristyn koukkuun ivani pirullisessa onnessa... Pelästyn itsekin ääneni sihinää. Valkea haamu akkunassa vavahtaa ja peräytyy pari askelta... Sitten lähden juoksemaan. Pois, pois, kuin henki olisi kysymyksessä. Pois metsään, missä kukkansapudottaneet orjantappurat uneksivat ja näsimarjat loistavat kuutamossa... Oksat risahtelevat jalkojeni alla. Minä juoksen kunnes väsymyksestä vaivun maahan ja nyyhkytän hiljaa...

4.

Minä uskon, että ihmisen sielullinen muutos tapahtuu nopeasti ja yhdessä hetkessä. Yksi isku voi kaiken entisen tehdä tyhjännäköiseksi ja synnyttää kokonaan uusia sisäisiä näkemyksiä.

Minä voin näin sanoa, koska sydämessäni on suru, jota eivät kyynelvirrat voi hukuttaa, yksinäisen itsensäkyllästämä tuska, joka on piiloutunut huulieni hymyn taa ja jonka tuskin kuuluvia huokauksia huoneeni pimeys ihmettelee. Tuo suru on syvä ja tyyni, ja sen syvyys on se kauneus, joka tekee sen minulle pyhäksi ja antaa minulle voimaa kantamaan sitä.

Minä, jos kukaan, voin sanoa saattaneeni äitini harmaat hiukset murhein hautaan. Minä kohtelin häntä tylysti vaikka kärsin siitä. Minä olin hänelle sulkeutunut, sillä häpesin heikkouksiani. Mutta hän onkin ymmärtänyt, että kaikki on ollut vain sairaalloista itsensäsäilyttämis-vaistoa, eikä hänen katkonaisissa sanoissaan, jotka hän puhui kuolinvuoteellaan, ilmennyt ainoatakaan moitetta. Ja niin sain minä kokea sen, että äitini kuoli kätensä minun kädessäni ja rauhan valo kasvoillaan.

Mutta vaikka tajusin menettäneeni jotakin korvaamatonta, niin en heti osannut muodostaa siitä itselleni käsitystä. Minun suruni puhkesi myöhemmin, kuten syvä haava, joka oltuaan ensin valkeana, vasta pitkän ajan perästä pulpauttaa verisuihkun. Mutta se ei puhennut kyyneleihin.

Olin kylliksi lapsellinen ja rauhaton etsiäkseni jo seuraavana päivänä äitini kuoleman jälkeen toverieni seuraa. Minä tahdoin estää itseäni vaipumasta synkkään epätoivoon. Ja vaikka heidän iloisuutensa ja pisteliäät huomautuksensa kalpeudestani kirvelsivät mieltäni, niin jaksoin hymyillä ja pysyä huomaamattomana. Se tuotti minulle outoa, haikeaa nautintoa. Ja omituisen tunteen vallassa minä muistan hetkeä, jolloin he olivat saaneet kaiken tietää ja kauhu ja anteeksipyyntö kuvastui heidän kasvoiltaan.

Kun yksinäisinä hetkinä olen syventynyt itseeni, niin olen huomannut sisäisen muutokseni. Entiset vaiheeni kuvastuvat kuin jostain etäämpää, syrjästä. Ne näyttävät minusta vierailta, tuntuvat ikäänkuin unennäöltä, josta vastikään olen herännyt. Häilyvät mielentilani ja tunnelmani, äkkinäiset innostukseni ja silmänräpäyksessä päähäni pälkähtäneet teot, ne kaikki kuuluvat menneisyyteen, enkä enää usko voivani menetellä samoin. Tyyntymys laskeutuu ylitseni vakavana ja raskaana. Se ei masenna minua, mutta se aukasee silmieni eteen uuden elämän. Se näyttää minulle ikäänkuin toisen maailman, missä kukin ihminen kulkee kokemuksineen, ottaen tyynemmin vastaan ilot ja surut. Minun katseeni kääntyy sisäänpäin, omaan sieluuni, joka erä erältä valkenee ja paljastuu silmieni edessä. On kuin outo kirkkaus leviäisi ympärilleni, kuin lapsuuteni ja nuoruuteni vuodet vajoisivat muistoni hämärimpiin sopukoihin ja uusi voima kohottaisi minut toisia päämääriä, toista tulevaisuutta kohti. Tunnen saavani toisellaista rohkeutta, en enää lapsellista hurjapäisyyttä, vaan todellista uskallusta elää ja ottaa vastaan kaiken, mitä kohtalo heittää tielleni, olkoonpa se sitten iloa tai surua, onnea tai kärsimystä.

Omituista lohdutusta tuotti minulle se seikka, että Haukiojan herra, isäni, kirjotti minulle ja pyysi tulemaan luokseen. Hän kohteli minua hellyydellä, jota ihmettelin, vaikkei hänellä sukuhaaransa viimeisenä jäsenenä olekaan ketään muuta. Ja kun tein hänelle matkaehdotukseni, niin hän suostui siihen. Se ilahutti minua kaikkein eniten. Sillä minä janoan pois, pois maailmaan, vieraiden joukkoon, missä selvemmin tunnen oman yksinäisyyteni.

Sain vielä toisenkin kirjeen, joka minua hämmästytti ja liikutti varovaisesta suppeudestaan huolimatta. Outoja unia se herätti mielessäni ja samalla se oli kuin ääni menneisyyden usvista. Nyt vasta hän vastasi kirjeeseen, jonka jo kesälomalla ollessani hänelle lähetin:

Aarne!

Sinua on kohdannut suuri onnettomuus ja suru on varmaankin sielussasi. En tiedä mitenkä lausuisin myötätuntoni. Sanoja on olemassa, mutta en saa niitä esille.

Toivoisin, että niin moni seikka välillämme olisi jäänyt tapahtumatta. — Minäkään en ole ennemmin vastannut. Jää hyvästi, Aarne!

Märta.

Märta.

Minä kiitän sinua sydämellisyydestäsi ja siitä mitä on ollut, eikä enää ole. Niin, kaikesta siitä kauniista, mikä on katkennut. Jää hyvästi.

Aarne.

Muuta en voinut kirjottaa. Tämä oli ikäänkuin viimeinen työni, viimeinen velvollisuuteni entisyyttä kohtaan. Nyt olen vapaa matkustamaan.

Ja kun nyt, lopettaessani, katson ulos, niin pimeys on noussut makuultaan metsästä. Se on asettunut metsänreunaan polvilleen, rypistänyt synkästi otsansa ja katse tuimana on se heittänyt mustan vaippansa yli kaupungin. Mutta uudinteni ylitse säteilee jokunen tähti, jokunen väräjävä tähti.

III.

Niin, tällainen on siis ystäväni kirjotusten sisältö. Vaikka hänen esityksensä onkin yleensä suppeaa, melkeinpä pintapuolista, on hän merkillistä kyllä, ikäänkuin muistojensa lumoissa innostunut seikkaperäisesti kertomaan muutamia yksityiskohtia, jopa unensakin. Ja vaikka suru kuultaa hänen hillityn kuvauksensa läpi, niin värähtää hänen sanoissaan toisinaan hehkuva lämpö.

Minun täytyy sanoa olevani hämmästynyt. Onko ystäväni todellakin ollut tällainen? Onko tämä se raaka-aine, josta hänen myöhempi olemuksensa on muodostunut? Olkoon, että kirjotus on tehty nuorena ja surun vallassa, sittenkin sisältää se ihmeteltävässä määrässä lyyrillistä, etten sanoisi lapsellista herkkyyttä. Sellaista en koskaan hänessä huomannut. Ja vaikka hän jo nuorena näyttää omanneen voimaa, joka on pakottanut hänet uhmaisiin tekoihin, niin jää hän mielestäni melkolailla vähäpätöiseksi ihmiseksi verrattuna myöhempään itseensä. Hänen kehityksessään on aukko, jota olen kokonaan voimaton täyttämään. Ja minun täytyy hymyillä kuvitellessani itseäni romaaninkirjottajaksi. Turhaan koettaisin minä sulattaa kaikkea taiteelliseksi kokonaisuudeksi. Sitäpaitsi on omissakin vaiheissani niin paljon ihmeellisiä sattumia, että logikan täytyy niitä palvella; taiteessa palvelee sattumakin logikkaa.

Mutta onko ystäväni jättänyt nämä kirjotukset minulle tahallaan, vai ovatko ne unohtuneet? Jonkunlaisesta

31

vaistosta uskoin alussa, että hän tahallaan on ne jättänyt. Mutta sitten heräsi kysymys, eikö hän silloin olisi kokonaan poikennut menettelytavoistaan. Eikö se olisi ollut kumoamaton vastalause koko hänen erikoisuudelleen ja etevyydelleen? Ja miksi olisi hän paperit piilottanut? Pysyn kuitenkin alkuperäisessä uskossani. Sillä luulen, että hänkin on kaivannut ihmistä tuskan hetkenä. Hän on tahtonut antaa minulle jonkunlaisen selityksen, omankin rauhansa tähden. Ja hän on näiden paperien kautta lähentynyt minua niin paljon kuin hänelle on ollut mahdollista. Sitäpaitsi todistavat uskoani ne irtonaiset lehdet, jotka hän, otaksuttavasti viime tingassa, on revässyt päiväkirjastaan ja pannut vihkonsa väliin. Ja mitä kätkemiseen tulee, niin on hän kenties tahtonut sillä ehkästä minua saamasta kirjotuksia liian aikaisin käsiini, ennenkuin vielä olisin ehtinyt tyyntyä. Että ymmärtäisin häntä ja ottaisin hänen nuoruutensa huomioon, sen hän kyllä on tiennyt, siksi tarkoin tunsi hän minut.

Nämä ovat kuitenkin sivuseikkoja. Pääasia on, että minulla nyt on todistuskappale, joka osottaa ennentuntemani epäilyt ja aavistukset suunnilleen oikeiksi ja antaa minulle ainakin jonkinlaisen selityksen hänen luonteensa omituisuuksista. Nyt näen, että hänenkin sydämensä on ollut lämmin ja herkästituntevaa ja että arat hermot ovat värähdelleet hänen marmorinaamarinsa alla. Jo nuoruudessaan, kuten sitten myöhemminkin, on hän siis itse ollut syypää vaiheisiinsa ja kiduttanut itseään hetkellisillä oikuilla. Ja nuo sanat, missä hän luulee tyyntymyksen laskeutuvan ylitseen, ovat vain hetken tunnelmaa, vailla laajempaa kantavuutta. Tosin oli hänen ulkokuorensa kadottanut sen avonaisuutensa ja herkkyytensä, mikä sillä varhaisimmassa nuoruudessa lienee ollut. Hänen kasvonsa olivat kyllä kylmät ja liikkumattomat, ja joka lihas totteli hänen tahtoaan, jopa siinä määrässä, että hänen tyyneytensä saattoi hirvittää, mutta sisäisesti oli hän suunnilleen sama kuin ennen. Syvemmällä — se on ainakin minun käsitykseni — oli entisten oikkujen taistelutanner, ja hetkelliset mielijohteet vainosivat häntä.

Mitä enemmän tutkin ystäväni kirjotuksia ja sen yhteydessä muistelen menneitä tapahtumia, sitä selvemmiksi ne käyvät ja sitä yksinkertaisemmilta ne tuntuvat. Toisinaan saatan kiihdyksissäni luulla, että kaikki hämäryys on kadonnut ja että kaikki on ollut luonnollista ja ymmärrettävää. Mutta kun koetan koota ajatuksiani ja loogillisesti johtaa seuraukset syistä, niin kaikki raukeaakin olemattomiin, ja sama hermostuttava epätietoisuus, mikä kahden vuoden ajan on kuluttanut minua, on jälleen tuskaisena edessäni. Huomaan, että se, mihin äsken olin tarttunut, ei olekaan mitään, ettei sanoja löydykään joilla voisin kuvata sen, mikä juuri tuntui niin selvältä ja että kiihottunut mielikuvitukseni on taaskin pettänyt minua. Vaikka siis moni seikka esiintyy aivan uudessa valossa, niin on paljon vielä sellaista, joka ratkasemattomana kiduttaa sydäntäni viettäessäni täällä yksinäistä erakon elämää. Rauhani ei näytäkään palaavan, vaikka ensimältä niin luulin. Turhaan koetan minä etsiä, milloin olen tehnyt väärin ja milloin minulle on vääryyttä tehty. Olenhan nuori vielä ja pitkä taival on edessäni. Minä tahtoisin päästä menneisyyden muistoista vapaaksi, heittää ne luotani tutkitun teoksen lailla ja kääntää kasvoni tulevaisuutta kohti. Mutta hermostuttava jännitys ei tahdo päästää minua kahleistansa.

Selvitettävänäni on kuin kasa venyvää, pehmeää lankaa, joka on pahasti hämääntynyt. Kun tartun siihen umpimähkään, leviää se helposti aivan selvältänäyttäväksi vyyhdeksi. Mutta kun otan langan pään ja rupean kerimään, syntyy heti entinen sekasotku.

Jätän nyt kuitenkin kaiken tämän ja siirryn kertomaan elämäni varhaisemmista vaiheista, jotta jälempänä seuraavat tapaukset kävisivät paremmin ymmärrettäviksi.

Isäni on nousukas. Terävän järkensä ja tavattoman työkykynsä avulla on hän rahallisessa suhteessa kohonnut yhä ylemmäs ja on nyt hyvinkin rikas mies.

Minä olen vanhempieni ainoa lapsi ja syntymäkaupunkini on Turku, missä isälläni oli aluksi sekatavarakauppa. Yhdeksänvuotiaana ollessani muuttivat vanhempani Pietariin, jonne suuria liiketuumia hautova isäni oli perustanut komean kauppahuoneen. Siellä alotin minä kouluni. Mutta minunkin isäni oli, kuten nousukkaat yleensä, kokonaan kykenemätön kasvattamaan lastaan. Äitini taas oli sairaalloinen ja helläluonteinen, ja kun olin ainoa poika, toteutettiin minun pienimmätkin mielitekoni. Sain jo vähänä niin paljon rahaa kuin suinkin osasin tuhlata, eikä kukaan pakottanut minua työhön. Kun koulu ennen pitkää alkoi tuntua minusta vastenmieliseltä, sain suurempia vaikeuksia kohtaamatta ajetuksi tahtoni perille ja otin erotodistuksen vanhempieni suostumuksella. Olin silloin kuustoistavuotias.

Nyt aloin viettää puolittain hurjaa ja tuhlaavaista toimettoman elämää, ja pian oli ympärilläni joukko iloisia, osittain paheisiin vaipuneita nuorukaisia. Jo silloin ilmaantui, että korttipeli oli se intohimo, johon luonteeni oli taipuisin ja joka pikemmin kuin mikään saattoi viedä minut perikatoon. Sitä en silloin ajatellut, mutta nyt on se monasti johtunut mieleeni.

Vetelehdittyäni toista vuotta, palasi kuitenkin tiedonhaluni jälleen ja onneksi voimakkaana. Halusin ulkomaille, suuriin seikkailuihin, ja lueskelin innokkaasti vieraita kieliä, voidakseni tulla omin päin matkoilla toimeen. Kulinkin sittemmin useissa Europan maissa. Ja seuraelämä sivistyksen keskipisteissä kehitti minua niin, että parinkymmenen viiden vuoden ikäisenä olin käytöstavoiltani kokolailla miellyttävä nuori mies. Vaikka olin vain porvari, avasi raha minulle tien korkeihin piireihin ja kiinnitti minuun monta ylhäissukuista henkilöä tuttavuuden siteillä.

Niihin aikoihin olin ruvennut pelaamaan entistä enemmän. Mutta korttipeli ei koskaan saanut minua täydellisesti valtoihinsa, niin että olisin menettänyt malttini ja rahanhimosta vavisten tärvellyt kokonaan hermostoni. Se kyllä viehätti ja tietenkin myös kiihotti minua, mutta seikka, että halveksin rahaa, että pidin verrattain yhdentekevänä voitinko vai hävisin, oli omiaan pysyttämään tyyneyteni järkähtämättömänä pelin jännittävimmissäkin käänteissä. Siitä taas seurasi, että pelasin hyvin ja että onni oli usein puolellani, sillä pelissä, kuten väittelyssäkin, voittaa tavallisesti maltillisin. Nautin jännityksestä, jonka peli aina synnyttää, ja mitä pitemmälle kehityin, sitä rohkeampia pelejä ja suurempia panoksia rupesin vaatimaan. Kuitenkin luulottelin, että minä hetkenä tahansa olisin voinut heittää syrjään tuon kuluttavan nautintoni ja lakata siitä täydellisesti.

Vaikka siis olin intohimoinen pelaaja, on minun ansiokseni mainittava, että inhosin sitä irstasta elämää, joka huumaavine paheineen oli kiehtonut monet ystäväni. Irstailun kiihottava ilmakehä oli minulle pohjaltaan vieras ja vastenmielinen, ja minä kammoksuin niitä vanhempia tuttaviani, joiden voimat sen syövyttävä hehku oli loppuun kuluttanut ja jotka silmät tylsinä ja pessimismi huulilla kaikissa tilaisuuksissa heittelivät hermostuneita

sukkeluuksiaan. Tietysti minullakin oli heikkoja hetkiä
jolloin alkoholin huumaamana horjahdin. Mutta minulla
oli aina voimaa nousta, eivätkä paheet voineet vangita
minua monine valheellisine viehätyksineen. Korttipeli
sitävastoin oli sellaista, etten sitä halveksinut, enkä edes
pyrkinyt irti sen siteistä. Siinä noudatettiin mielestäni
kunnian ja ritarillisuuden vaatimuksia ja ylhäinen ylenkatse
rahaa kohtaan oli sen uhrien huomattavimpia
ominaisuuksia; ainakin koettivat kaikki sitä teeskennellä.
Pidin sitä siis verrattain jalona huvituksena ja hyvä
hermostoni tekikin minusta ennen pitkää pelaajan, jonka
rohkeutta ja tavatonta pelionnea moni ammattitaituri
kadehti.

Äitini kaipasi siksi paljon Suomea, että hän joka kesäksi
muutti pieneen, Turun lähellä sijaitsevaan huvilaamme.
Siellä minäkin useasti oleskelin. Ja juuri tällaisella
kesäretkellä sain muutaman pelipöydän ääressä tutustua
vapaaherra af Silfverhorniin. Hän oli jalosukuinen, mutta
rappiollejoutunut ylimys. Hänen suuresta omaisuudestaan
ei enää ollut jälkeäkään jälellä, vaan raskaat velkataakat
lepäsivät hänen harteillaan. Ja pienellä maatilalla, joka
hänellä vielä oli hallussaan, hän vietti onnetonta elämäänsä
tyttärensä ja vaimonsa seurassa. Puolisonsa kanssa oli hän
kuitenkin alituisesti riidassa, ja tämä oleskelikin senvuoksi
etupäässä sukulaisissaan. Mutta tytärtään kuului vapaahera
rakastavan intohimoisesti. Kerrottiin, että hän usein oli
rukoillut lapseltaan anteeksi hairahduksiaan, ja minä
huomasinkin pian, että hän oli hieno ja suurisuuntainen
henkilö, vaikka niin peräti heikko, ettei hän jaksanut voittaa
pieniäkään kiusauksia.

Hän oli niitä, joita pelitaito ja rohkeus hurmaavat, ja ennen
pitkää olin hänen kanssaan suhteessa, joka hänen
puoleltaan oli ihmettelyä ja ihailua, minun puoleltani

36

myötätuntoa ja kunnioitustakin. Siitä juuri seurasi, että hän välttämättä tahtoi minua kotiinsa, eikä ottanut kuuleviin korviinsakaan estelyitäni.

Kun aikaa oli liialtikin, niin käytin tilaisuutta hyväkseni. Ja tällä vierailulla tutustuin hänen tyttäreensä Märtaan. Tuo solakka, eksottisesti vaikuttava tyttö lumosi minut heti; niin paljon kuin jo olinkin ennättänyt matkoillani kokea. Hänen tuuheat kulmakarvansa olivat mustat, ja niiden varjoista pehmeät silmät loistivat kuin sininen sametti. Hänen suunsa oli vertakihoilevan haavan kaltainen, ikäänkuin luotu suudelmille. Mutta eritoten juuri kulmakarvat tekivät minuun voimakkaan vaikutuksen, sillä ne antoivat hänen kasvoilleen villin, sanoakseni sotaisen sävyn.

Koko vierailuni aikana hoiti hän talossa emännyyttä, sillä hänen äitinsä oli tapansa mukaan poissa. Ennen oli Märtakin — niin kertoi vapaaherra — ollut jossakin kartanossa kesät, mutta moneen vuoteen ei hän enää tahtonut mennä sinne. Kuinka omituisen hyvin nyt muistankaan vapaaherran sanat! Mutta silloin eivät ne kiinnittäneet mieltäni. En kysynyt missä kartanossa, enkä myöskään syytä hänen poisjäämiseensä.

Tunnustan, että rakastuin Märtaan heti kuin koulupoika. Hänen omituinen vaiteliaisuutensa ja ylhäinen, hillitty ylpeytensä tenhosivat minut kokonaan, vaikka olin jo kahdenkymmenen seitsemän vuoden ikäinen. Mutta vaikka viivyin talossa viipymistäni, en vain saanut selville tuliko vastarakkautta osakseni. Mitkään pienet merkit eivät tukeneet toivoani, mutta mikään ei sitä myöskään vastustanut. Ja juuri tuo epätietoisuus teki minut avuttomaksi. Minä, joka koko ikäni olin totutellut seuraelämään, hämmennyin kokonaan hänen edessään. Puheeni ei sujunut hyvin ja omaksi kummakseni minä huomasin vielä voivani punastua. Minulla ei ollut

37

rohkeutta viittailla tunteistani. Kaikki supistui vain huomaavaan kohteliaisuuteen ja pieniin palveluksiin.

Joka aamu päätin sinä päivänä suoraan ja rehellisesti tunnustaa rakkauteni, ja joka ilta sadattelin saamatonta arkuuttani. Sillä hän osasi jollain salaisella keinolla aina pitää keskustelun arvokkaana, eikä milloinkaan kevyempi tai tuttavallisempi sana päässyt hänen huuliltaan. Kuitenkaan ei hän ollut jäykkä eikä yksitoikkoinen. Hän oli ihmeellinen, merkillisin kaikista siihen asti tuntemistani. Ja kun kaikki näytti toivottomalta, jätin minä vihdoin voimattomana ja itsepilkan ärsyttämänä koko talolle hyvästit.

Palatessani äitini huvilaan olin varmasti päättänyt pyyhkiä Märtan pois muististani. Mutta niin vähällä en asiasta suoriutunut. Vaikka tuhannesti vakuutin itselleni, että äkkinäinen rakastumiseni oli vain poikamaista intoilua, jolle minun ikäiseni miehen pitäisi nauraa, niin en voinut vapautua tunteitteni pauloista. Samettinen, kauasuneksuva silmäpari eli mielikuvitukseni maailmoissa. Se herätti sielussani tuskaa ja hehkuvaa kaipausta, sai elämäni sietämättömäksi ja häämötti salaperäisenä unissani. Se painosti minua niin, että itseäni soimaten ja ironisen kiihtyneenä päätin heti lähteä matkalle. Mutta jouduinkin kokonaan toisiin tekoihin, sillä mielettömyydessäni ja enempää ajattelematta kirjotin vapaaherralle ja pyysin hänen tyttärensä kättä. Tietenkin heti kaduin tekoani ja olisin tahtonut kirjeeni takasin. Seuraavana hetkenä minä kuumeisin jännityksin ajattelin ratkasua. Ja voimatta kauemmin odottaa, kiiruhdin jo ennen vastauksen tuloa vapaaherran maatilalle.

Vaikka olin seikkailija ja vaikka vapaaherra oli ylpeä aateluudestaan, antoi hän minulle suostumuksensa. Tosin tunsi hän isäni, joskin hyvin pintapuolisesti. Mutta hänen myöntyväisyytensä ihmetytti minua suuresti, enkä voi sitä muuten selittää, kuin että hän naimakaupassani tyttärensä kanssa näki ainoan mahdollisuuden päästä velkojiensa käsistä. Hänellä ei ollut kerrassaan mitään minua vastaan. Päinvastoin sanoi hän olevansa iloinen, jos voittaisin Märtankin suosion.

Vaikka olenkin pelaaja, niin en milloinkaan ole kyennyt taiteellisesti nauttimaan odotuksen tuskasta. Tuska on aina tehnyt minulle odotuksen mahdottomaksi. Nytkin olin niin jännittynyt, että heti päätin etsiä tytön käsiini päästäkseni ratkasuun.

Kun hänet tapasin, tervehti hän minua ystävällisesti, mutta
oli niin kalpea, että huomasin hänen isältään jo kaiken
kuulleen. Samalla tajusin, että jos hetkeksikin antautuisin
keskustelemaan muista asioista, menettäisin taaskin
rohkeuteni. Taudinomainen tunne valtasi minut. Kuin
suonenvedon kouristus kulki läpi ruumiini. Sanoin vaivoin,
hiljaisin äänin mutta suoraan.

— Neiti, en kykene teidän edessänne käyttämään
kiertoteitä... Suokaa anteeksi rohkeuteni, mutta te olette
kokonaan lumonnut minut... Koko elämäni onni on teidän
käsissänne... Minä rakastan teitä... Tahdotteko tulla
vaimokseni?

Hän tuijotti minuun kauan, eikä minun tarvinne kuvata,
minkälaisilta hetket tuntuivat, jotka äänettöminä, raskaina
ja hitaina kuluivat. Sitten kysyi hän värähtelevin äänin:

— Oletteko saanut vanhempieni suostumuksen?

— Ainoastaan isänne.

Silloin miltei läpikuultava kalpeus levisi hänen kasvoilleen.
Hänen ylähuulensa omituisesti nytkähti ja hermoväreitä
liikkui hänen poskillaan. Hetken päästä ojensi hän minulle
kätensä.

— Olen teidän, sanoi hän äänellä, jonka tukahtunutta
sävyä en voi kuvailla.

Tuskansekainen onni täytti sydämeni. Olin kuin
puristavista kahleista vapautettu. Minä suutelin nopeasti
hänen kättään ja vedin hänet hiljaa rintaani vasten. Hän
vaipui hervottomana käsivarteni varaan. Hänen silmänsä
olivat ummessa, ja kun suutelin hänen huuliaan, olivat ne
viileät, miltei kylmät. Vasta silloin huomasin, että hän oli
pyörtynyt.

Tätäkään tapausta en silloin ymmärtänyt. Se herätti vain kummastustani. Luulin häntä heikkohermoiseksi ja hyvin herkäksi ja soimasin itseäni siitä, että olin käyttänyt liian voimakkaita ilmaisumuotoja lemmelleni. Mutta nyt esiintyy se minulle toisessa valossa, ja luulen sen käsittäväni.

Saimme kolmisin hänen äitinsä suostumuksen, vaikka ylpeän rouvan mieltä pitkän aikaa karvastelikin, että olin vaan kauppiaan poika. Mutta raha tasottaa niin monta juopaa maailmassa. Meidän kihlauksemme julkastiin.

Koko kihlausajan sain ihmetellä nuoren morsiameni omituisuuksia. Useimmiten oli hän hyvin vakava ja puhui vähän ja verhotusti. Sellaisella päällä ollessaan voi hän pitkän aikaa istua aivan ääneti, silmät puoliummessa, kasvoilla vieno surumielisyys ja katseessa kaipaava raukeus. Jos häntä silloin syleilin, säpsähti hän ja jäi minuun tuijottamaan ikäänkuin johonkin vieraaseen. Nähtävästi oli hänen vaikea palata unelmiensa utumaailmoista todellisuuteen.

Mutta hän saattoi myöskin yhtäkkiä, juuri kun luulin, ettei hän haaveisiinsa vajonneena enää minua muistanutkaan, heittäytyä rintaani vasten, kiertää kätensä ympärilleni ja kuiskata intohimoisin äänin: Sinua minä rakastan, sinua ainoata minä rakastan. Silloin hänen huulensa polttivat kuin tuli ja hänen suutelonsa päihdyttivät kuin viini.

Vaan oli sellaisiakin hetkiä, jolloin hän oli tavattoman iloinen, niin poikamaisen vallaton, että minä joskus, hämmästyneenä hänen kujeistaan, jäin totisena tuijottamaan häneen. Silloin hän usein nipisti minua leuasta, juoksi kovasti nauraen piiloon, tavallisesti huoneeseensa ja kiusasi minua pitkät ajat yksinäni.

Kaikissa tapauksissa olin onnellinen ja rakkauteni häneen

kasvoi päivä päivältä. Ja eikö onni olekin täydellisin silloin
kun ei sitä tunne, lempi suloisin silloin, kun rakastetun
sielu joka hetki voi tarjota uusia aarteita, uusia,
ennentuntemattomia viehätyksiä.

Häiden jälkeen olimme päättäneet tehdä pienen
kiertomatkan.
Suunnitelmamme sisälsi ensin matkan Italiaan sieltä
Schweitsiin ja
Ranskaan ja sitten takaisin Suomeen, kesää viettämään.

IV.

Ensikerran kohtasin ystäväni Parisissa.

Vaimoni ja minä olimme viettäneet jonkun aikaa Italiassa, etupäässä Venetsiassa ja Napolissa, viivähtäneet pari viikkoa Schweitsin vuorilla ja vastikään tulleet Parisiin.

Kun eräänä iltapäivänä ajoimme Champs Élysées'n sivua matkalla kotihotelliimme, huomasin vaimoni nyökkäävän jollekin tervehdykseksi. Ehdin vielä nähdä solakan herrasmiehen, joka hymyillen katseli meihin ja jonka omituiset, voimakkaat kasvot painuivat mieleeni. Mutta vaimoni oli käynyt kalpeaksi ja väisti katsettani. Sitäpaitsi vapisi hän huomattavasti. Silloin ensikertaa salainen epäily pisti rintaani.

En tiedä onko mitään kiusallisempaa kuin tuollainen yhtäkkiä mieleen välähtänyt epäily, jonka syytä ei oikeastaan käsitä ja joka senvuoksi on hyvin voimakas. Sille antaa tukee mikä tahansa, etenkin kaikki sellainen, mikä selvästi todistaa sen vastakohdan. Se valtaa mielen niin täydellisesti, että silmä terottuu huomaamaan uusia puolia elämästä ja se kiduttaa ajatuksia alinomaa. Minussa se puhkesi uteliaihin sanoihin.

— Onpa hänellä omituiset kasvot! Kuka hän on?

Ääneni terävyys loukkasi omaakin korvaani ja sai minut tuossa tuokiossa katumaan kysymystäni.

— Kuka niin? sanoi vaimoni ja hieno ryppy ilmaantui hänen kulmakarvojensa väliin.

— Hän, joka tervehti.

— Joku suomalainen luullakseni. Ylioppilas tai jokin sellainen. En muista tällä haavaa hänen nimeänsä.

— Et muista!

— En. Hänet on esitetty minulle jossain tanssitilaisuudessa tai semmoisessa.

Hän sanoi sen äänellä, joka sai minut ehdottomasti vaikenemaan. Mutta silti en uskonut hänen sanoihinsa. Niin, ensi kertaa epäilin häntä. Sillä se, että hän oli kalvennut ja joutunut pois tasapainosta, herätti mustasukkaisuuden kaltaisen kivun sydämessäni ja teki minut synkäksi.

Voi tuntua kummalliselta, että minä, joka vasta lyhyen ajan olin ollut avioliiton paratiisissa, nyt jo rupesin kantamaan sydämessäni kyykäärmeen sikiötä. Mutta vaimoni oli niin omituinen ja omituisuus rakkaudessa on usein tuskan alku. Koko yhdessä olomme aikana ei hän ollut paljastanut minulle kertaakaan sisintään, seisonut antautuneena ja avoimena edessäni. Hän ei koskaan puhunut minulle yksityiskohtia varhaisemmasta elämästään. Hän salasi minulta sielunsa syvimmät kätköt tai sitten oli hän paljasta pintaa. Hän vain rakasti minua tulisella hehkullaan, tai ilveili kanssani kuin pieni kissan pentu.

Koko matkalla emme enää vaihtaneet sanaakaan. Mutta kun pääsimme hotelliimme, hyökkäsi hän äkkiä takaapäin kimppuuni ja sai minut kaadetuksi leveälle sohvalle istumaan. Sitten heittäytyi hän viereeni ja vallattomaan nauruun purskahtaen kiersi hän kätensä kaulaani. En

44

kuitenkaan ollut leikkisällä päällä, sillä kiihottuneet ajatukset ärsyttivät hermostoani. Senvuoksi jäinkin totisena tuijottamaan suoraan eteeni.

— Jörri! sanoi hän silloin veitikkamaisesti ja suuteli minua.

Hänen suutelonsa lumosivat minut aina, enkä koskaan voinut niitä vastustaa. Nytkin tulin heti iloisemmaksi ja vedin hänet polvelleni. Mutta äskeinen, ulkona sattunut tapaus oli vielä siksi elävänä mielessäni, etten jaksanut hillitä itseäni.

— Märta, sinä et puhu totta. Mikset sano totuutta, rakas? kysyin.

Hän katsoi minuun ihmeissään, mutta olin varma, että se oli teeskenneltyä.

— Mitä totuutta?

— Sitä, jonka tiedät. Kuka oli se henkilö, joka tervehti sinua? Mikset sinä sano sitä?

— Hyvänen aika! Ethän vain liene mustasukkainen? sanoi hän nauraen ja nipistäen minua leuvasta, mutta huomasin selvästi kuinka hermostunutta hänen naurunsa oli.

— Älä viitsi nyt, Märta. Näethän, että kysymys kiusaa minua.

Silloin hieno ryppy ilmaantui taas hänen kulmainsa väliin.

— Mutta mikä sinua oikein vaivaa, Arnold? kysyi hän muuttunein äänin.

— Sinä et puhu totta. Se ei ollut totta, mitä sanoit hänestä.

— Sinä siis epäilet sanojani, Arnold! Sinä siis todellakin

epäilet niitä!... Arnold, miten onnettomaksi tuleekaan avioliittomme, ellemme luota toisiimme!

— Ja luotatko sinä minuun! Sinä et koskaan anna minun aavistaakaan sisäisiä mietteitäsi. Sinä pysyt aina sulettuna, etkä koskaan sano ainoatakaan varomatonta sanaa. Sinä olet kuin sfinksi, jonka edessä minä ennen pitkää menehdyn omaan voimattomuuteeni!... Märta, sano että puhuit totta, vakuuta se minulle niin uskon sinua.

Ryppy hänen otsallaan syveni huomattavasti.

Hän katsoi minua pitkään, säihkyvin silmin. Sitten hän kääntyi ja poistui huoneeseensa sanaakaan vastaamatta.

Olin asemassa, joka aina on kiusallinen. Joko katuu sanojaan, mutta ei tahdo pyytää anteeksi, eikä nöyrtyä, tai sitten pyytää heti anteeksi ja katuu perästäpäin nöyrtymistään. Ensin olin minäkin syöksyä hänen jälkeensä ottaakseni sanani takaisin. Mutta hillitsin itseni. Sillä käsitin, ettei minun sopinut antaa ohjaksia kokonaan hänen käsiinsä. Minunkin täytyi osottaa voimaani, näyttää, etten sentään kokonaan ollut hänen vallassaan. Jäin siis tyynesti odottamaan mitä seuraisi. Mutta hän pysyi järkähtämättömästi huoneessaan ja antoi minun olla yksinäni. Siitä kävi mieleni katkeraksi ja ärtyisäksi, ja tunsin yhä enemmän hermostuvani sen mukaan kuin aikaa kului.

Kun ei häntä kuulunut, lähdin viimein yksin ulos ja suuntasin askeleeni erästä pelihuonetta kohti, missä nuorena miehenä usein olin oleskellut ja missä siis toivoin tapaavani tuttavia. Siellä olikin pari entistä toveriani, ja me alotimme pelin ja samppanjan juonnin aivankuin muinaisina aikoina.

46

Oli tuokio kulunut. Peli oli hetkeksi lakannut ja kilistelimme paraikaa laseja, kun ihmeekseni huomasin saman henkilön, joka äskettäin oli vaimoani tervehtinyt, lähenevän pöytäämme. Hän ei näyttänyt minua ollenkaan tuntevan, mistä tein sen johtopäätöksen, ettei hän päivemmällä ollut kiinnittänyt minuun lainkaan huomiotaan. Hän laski tuttavallisesti kätensä ystäväni vicomte de la Éen olkapäälle, jolloin tämä nopeasti kääntyi ja tervehti hämmästyneenä ja iloisena.

Sillä aikaa oli minulla oiva tilaisuus tarkastaa vierasta. Hän oli hiukan keskimittaa pitempi, solakka ja tavattoman huolellisesti, mutta yksinkertaisesti puettu herrasmies, iältään ehkä hiukan minua nuorempi. Hänen kasvonsa olivat kalpeat ja niin omituiset, ettei niitä kerran nähtyään enää voinut unohtaa. Niissä ei silti ollut mitään erikoista eikä silmään pistävää, ellei kenties voimakas leuka ja hiukan kulmikkaat piirteet. Nenä oli suora ja moitteeton, huulet kaareutuivat nautinnonhaluissa; tukka oli tumma ja sileäksikammattu, mutta viiksensä oli hän ajellut. Koko miehessä oli melkolailla englantilainen leima.

Keskusteltuaan hetken uuden tulokkaan kanssa, kääntyi de la Ée minun puoleeni:

— Teitä varmaankin huvittaa tulla tuntemaan toisenne, koska olette molemmat suomalaisia. Saanen siis esittää: Kurimo — Broman.

Vieras loi minuun terävän katseen; ja vasta silloin huomasin hänen silmissään omituisuuden, jota sittemmin olen usein ihmetellyt. Hänen silmäteränsä olivat näet tavattoman suuret, kun sitävastoin irikset niiden ympärillä olivat vain kapeat, teräksenharmaat renkaat. Täten näyttivät hänen silmänsä mustilta ja niiden ilme liikehti alinomaa.

Hän lausui minulle ranskaksi muutamia tavallisia kohteliaisuuksia, jotka ovat häipyneet mielestäni ja joihin minä vastasin samaan tapaan.

Juotuamme vielä jonkun verran samppanjaa päätimme alkaa pelin uudelleen ja sovimme summien suuruudesta. Silloin käännyin uuden tuttavani puoleen kysyen:

— Ettekö tekin liity peliin, herra Kurimo?

Hän hymyili kummallisesti ja vastasi syvällä, sointuvalla äänellä:

— En. Pelaan ainoastaan uhkapeliä.

En tiedä voiko mikään loukata niin syvästi kuin ilkeä hymy. Hymyn solvasua ei käsitä täydellisesti, se jää epämääräiseksi ja sen tarkotus on hämärä. Senvuoksi se ärsyttääkin paljoa enemmän kuin sanat. Loukkaavimmatkin sanat muodostavat käsitteen, jonka kokonaisuudessaan ymmärtää ja jolle usein voi nauraa, mutta hymy tekee epätietoiseksi. Hänenkin hymyssään, hänen kasvojensa ilmeessä ja äänensä sävyssä oli jotakin kiihottavaa, joka sai minut raivostumaan. Sitäpaitsi alkoi samppanja jo vaikuttaa. Ja kohtaus vaimoni kanssa oli järkyttänyt hermostoni tasapainosta. Minä kimmahdin seisomaan, ja katsoen häntä suoraan kasvoihin sanoin jokseenkin kiihtyneenä.

— Hyvä herra! Niinkuin olette itse kuullut, on tässä melkoisia summia kysymyksessä. En luule löytyvän ketään, joka sanoisi peliämme muuksi kuin uhkapeliksi. Kieltäytymisenne syy on siis mielestäni lievimmin sanoen omituinen.

Hän kääntyi aivan tyynesti poispäin ja kohauttaen olkapäitään halveksivasti — ellei se ole kiihtyneisyydestäni johtunutta luulottelua — sanoi hän, ollenkaan katsomatta

48

minuun.

— Kuten sanoin, pelaan ainoastaan uhkapeliä.

Sitten rupesi hän puhumaan vicomte de la Éelle aivan kuin ei minua olisi ollutkaan.

Se sai minut kokonaan pois suunniltani. Verivirta syöksyi kasvoilleni ja minulla oli täysi työ hillitessä itseäni menemästä yli rajojen. Mikä oikeus oli hänellä ivata peliämme kuin lasten leikkiä, vaikkeivät hänen rahansa olisi kenties ollenkaan riittäneet siihen? Mikä oikeus oli hänellä niin halveksivasti kohdella minua?

— Herrani! Te loukkaatte minua suuresti ylenkatseellanne! En voi sallia, että halveksitte minua pelaajana, ja minä vaadin teitä kunnianne nimessä kanssani peliin, joka teidänkin katsantokantanne mukaan on uhkapeli. Olkaa hyvä ja määrätkää summa, sanoin kiukusta vavahtelevin äänin.

Hän katsoi minuun ihmeissään. Sitten kumarsi hän kevyesti ja kaunis hymy ilmausi hänen huulilleen.

— Suokaa anteeksi. Tarkotukseni ei ollut loukata teitä. Valitan, etten voi ehdottaa suurempia summia sillä en ole varakas. Mutta jos te kunnianne tähden tahdotte...

— Minä vaadin! keskeytin hänet karkeasti.

Hänen kasvojensa väri muuttui aivan kalpeaksi, mutta hymy ei kadonnut huulilta. Hän oli tuokion vaiti ja näytti miettivän. Sitten sanoi hän:

— Suostun kernaasti.

Vaikka olin äärimmilleen kiihtynyt, säpsähdin hänen muuttunutta ääntään. Se oli kokonaan menettänyt

49

sointunsa, se tuntui tulevan syvältä kurkusta, se oli
rätisevän kuiva, mutta ei käheä, selvästi kuuluva, mutta
soinnuton. Niin, en edes kykene sitä kuvaamaan.

— Tehkää siis hyvin ja määrätkää ehdot.

— Panen oikean käteni teidän oikeaa kättänne vastaan. Joka
häviää, se luopuu kädestään.

Hänen hymynsä oli hirvittävä.

Ehdotus oli niin luonnoton, että hetken tuijotin häneen
sanattomana. Nykyhetki menetti todellisuusarvonsa. Sen
sekunnit pitenivät iäisyydeksi ja jäivät mykkinä
ihmettelemään omaa tyhjyyttään. En ajatellut mitään. Olin
vailla järkeä ja vapaata tahtoa, ikäänkuin näkymättömän
voiman vallassa. Kuitenkin kumarsin ja molemmat
istuuduimme.

Toisten pöytien luota olivat kaikki kerääntyneet
ympärillemme. Vallitsi syvä hiljaisuus. Nuo hurjat henkilöt,
jotka hymysuin ja kompia lasketellen antoivat vaikka
viimeisten pennien vyöryä taskustaan pelipöydälle, he
vaikenivat ja silmät pyöreinä katselivat meitä kuin lapset,
joille kerrotaan taruja jättiläisistä.

Kurimo jakoi kortit ja peli alkoi. Huomasin heti olevani
tyynen ja harkitsevan pelaajan kanssa tekemisissä. Mutta
omakin kykyni oli tunnustettu. Sitäpaitsi olivat korttini
siksi hyvät, että voitostani varmana tyynnyin kokonaan.
Peli kulki hitaasti. Kurimo oli niin huolettoman näköinen
kuin olisi lasten leikki ollut kysymyksessä ja kirkas, hieno
hymy valasi koko ajan hänen kasvojaan.

Kun olimme jo aivan lopussa ja minä, kauan mietittyäni ja
aivan oikein, löin pataässän pöytään, sanoi hän hyvin
ystävällisellä ja iloisella äänellä.

— Nyt te teitte virheen, joka saattaa teidät häviöön. Pataässää seuraa aina hertta tässä pelissä ja silloin minä voitan.

Hämmennyin kokonaan. Tietysti tuo oli vain pelilause, vain kylmäverisyyden osotus, sillä eihän hän edes tuntenut pelitapojani. Mutta minulle jäi todellakin herttakuningas käteeni. Aivan voimattomana pudotin sen pöydälle... Olin menettänyt pelin.

Kun katsoin vastapelaajaani, niin syvä sääli kuvastui hänen kasvoiltaan.

On hetkiä, jolloin ei mikään tunnu niin vastenmieliseltä kuin myötätuntoinen ilme. Kuuntelisi ennen tuhansia pistosanoja, mutta säälivää katsetta ei voi sietää. Minäkin jouduin uudelleen raivon valtaan ja sanoin terävin äänin.

— Olkaa hyvä ja antakaa minulle osotteenne. Lähetän teille vielä tänään voittosaaliinne. Vai vaaditteko sen paikalla?

Kesti tuokion, ennenkuin hän vastasi.

— Te käsitätte minua aivan väärin. Tarkotin tietysti vasta kuoleman jälkeen.

Hänen hirtehis-huumorinsa pöyristytti minua. Vaikka pirullinen hymy hänen kasvoiltaan oli hetkeksi kadonnut, ymmärsi jokainen, että hän säälistä tai jostakin muusta yhtä vastenmielisestä vaikutteesta käänsi ehdotuksensa tällaiseksi, ja hiljainen suhina alkoi kuulua ympäriltäni. Se sai minut mielipuoliseen vimmaan. Nousin seisomaan ja sanoin kähein äänin.

— Teillä ei ole mitään oikeutta osottaa minulle myötätuntoa! Olen varma, että tarkotuksenne oli alkujaan toinen, enkä voi sallia, että minun nauretaan käyttävän kättäni teidän

51

armostanne. Vai luuletteko minua raukaksi?... Olette heti saava voittonne!

Hänen kasvonsa muuttuivat silloin ilmehikkäiksi ja sieramet värähtelivät herkkinä. Hänen syvä, miehekästä surua ilmaseva katseensa ei milloinkaan mene mielestäni. Vakavana, hiukan kumartaen vastasi hän hillitysti.

— Kunnioitan suuresti kylmäverisyyttänne ja vakuutan, etten hetkeäkään ole epäillyt rohkeuttanne. En myöskään voi estää tekojanne. Mutta jos nyt luovutte kädestänne minun tähteni, niin en voi pitää tappiotanne kunniallisesti maksettuna. Tarkotukseni oli alkuaan toinen, ja te itse annoitte minulle ehdotusoikeuden. Pidän kuitenkin teitä kunnian miehenä, enkä luule, että voitte menetellä vastoin pelisopimuksia.

Tämän sanottuaan kumarsi hän kunnioittavasti ja poistui mennäkseen puhuttelemaan muuatta nuorta herraa, joka juuri oli tullut ovesta ja jonka oikea käsi oli mustalla siteellä sidottu, riippuen rinnalla, kaulan ympäri kulkevan nauhan varassa. Jäin aivan masentuneena paikalleni. Minulla ei ollut enää mitään vastattavaa. Turhaan koetti de la Ée minua lohduttaa. En edes viitsinyt kuunnella hänen puhettaan. Join pari lasia samppanjaa rauhottuakseni ja menin sitten sivuhuoneeseen saadakseni olla yksin.

Huoneen sivuseinällä oli pieni komero ja siellä olevan sohvan piiloisimpaan nurkkaan heittäydyin nyt voimattoman kiukun jäytäessä mieltäni. Tunsin vihaavani Kurimoa. Ja vihani oli sitä raivokkaampi, kun se oikeastaan kohdistui itseeni hänen kauttaan. Sillä oma hillittömyyteni, oma päivällisten tapahtumain johdosta ärsyttynyt hermostonihan oli sittenkin kaiken alkusyynä.

Olin viipynyt hetken ajatuksissani kun Kurimo astui

sidekätisen herran kanssa huoneeseen. Kumpikaan heistä ei näyttänyt minua huomaavan. He pysähtyivät verraten lähelle minua pienen pöydän ääreen, jolla komeileva tupakkakuppi oli ihmeellinen jäljennös Cellinin kuuluisasta suola-astiasta. Vieras näytti olevan englantilainen. Hänen kasvonsa olivat sairaan kalpeat ja suun ympärille oli kärsimys piirtänyt merkkinsä huolimatta hänen ilmeisestä nuoruudestaan.

— Aarne, mitä ihmeitä sinä taas olet tehnyt? Koko salihan on aivan kiihdyksissä, kysyi vieras.

— Rakas ystävä, ainoastaan mitättömyyksiä. Muuan herra Broman väitti olevansa uhkapelin pelaaja ja on nyt aivan suunniltaan, vaikka on menettänyt vain toisen kätensä, vastasi Kurimo ottaen hymyillen sikarin kotelostaan.

Sanat ikäänkuin sokasivat minut. Ympäristö pimeni silmissäni. Tunsin vain vihaa, vain mieletöntä raivoa, petomaista ja luonnotonta. Vapisin kuin horkkatautinen, ja melkein tietämättäni vedin pistolin taskustani. Kuitenkaan en kiirehtinyt. Tunne siitä, että ampuisin, oli niin varma, etten ollenkaan hätäillyt, mikä usein tapahtuu epäröidessä. Hitaasti kohotin käteni ja ojensin aseeni Kurimoa kohti.

Hän oli vastikään pannut sikarin suuhunsa, mutta nyt otti hän sen jälleen pois. Hän kääntyi minuun päin, katsoi suoraan kasvoihini ja hänen silmänsä olivat raukeat ja surulliset. Sitten sanoi hän suomeksi, syvällä, teatralisella äänellä ja hyvin hitaasti:

— Tähdätkää tarkkaan herra Broman. On ikävää, jos osutte harhaan. Senjälkeen kääntyi hän jälleen ystäväänsä päin ja sytytti rauhallisesti sikarinsa.

Käteni vaipui kuin salaisen iskun herpasemana. Unohdin

53

silmänräpäyksessä äskeisen vihani ja tuo uhmaileva kylmäverisyys pakotti minut ihailuun. Sellaista ihmistä en vielä ollut nähnyt.

Hänen ystävänsä oli sanaton hämmästyksestä. Käsitin sen helposti, sillä hän ei ollut ensinkään huomannut läsnäoloani, vaikka Kurimo oli nähnyt minut vastaseinän peilistä.

Hetken perästä katsoi Kurimo jälleen minuun ja tuo omituinen hymy karehti taaskin hänen huulillaan.

— No, sanoi hän hiljaa.

Sitten tuli hän luokseni.

— Herra Broman, te olette liian kiihtynyt tänään. Ihailen kylmäverisyyttänne ja olen varma, että meistä suotuisemmissa olosuhteissa tulisi ystävät. Nytkin, huolimatta siitä, mitä on tapahtunut, rohkenen tarjota teille käteni. Olkaa ystäväni!

Silloin liikutus valtasi minut. Kyynelinen kosteus kohosi silmiini ja haikea herkkyys tulvehti sydämessäni. Tartuin kiihkeästi hänen käteensä ja puristin sitä voimakkaasti.

— Suokaa minulle anteeksi, olin aivan suunniltani.

Hän vain hymyili.

— Ja nyt sallikaa minun esittää teille ystäväni lordi Henry Burton.

Nuori lordi ojensi minulle tuttavallisesti vasemman kätensä.

Kun jännitys näin oli lauennut tunsin niin voimakasta iloa, että jokeltelin tyhjänpäiväisiä kuin pieni poika. Niinpä sanoin ilman minkäänlaista syytä nauraen lordi Henrylle:

— Onko herra Kurimo pelannut teidänkin kätenne vai onko
onnettomuus kohdannut teitä?

Silloin hirveä kalpeus levisi hänen kasvoilleen. Hänen
piirteensä vääristyivät ja hän katsoi minuun kauhun
valtaamana. Huomasin tehneeni tyhmyyden.

— Suokaa anteeksi, sammalsin, huomaan loukanneeni teitä.
Se ei mitenkään ollut tarkotukseni.

— Ystäväni käsi on vaikeasti haavottunut, sanoi, Kurimo
vakavasti.
Sitten vaihtoi hän nopeasti puheenaiheen.

Palasimme jälleen saliin saadaksemme de la Éen seuraamme.
Kurimo pyysi meitä kohteliaasti ravintolan puolelle
illalliselle. Keskustelimme vilkkaasti ja tuttavallisesti.

Sain tietää, että uusi ystäväni oli kuusi vuotta oleskellut
ulkomailla, etupäässä Parisissa, mutta myöskin Lontoossa.
Hän oli opiskellut kemiaa, kunnes hän vuosi sitten oli
päässyt lordi Henryn rikkaan ja kuuluisan isän suosioon ja
ollut senjälkeen nuoren lordin seuralaisena. Minäkin
kerroin hänelle omasta elämästäni. Mainitsin vaimoni nimen
ja puhuin häämatkastani. Koetin silloin tarkasti tutkia
hänen kasvojaan, mutta yksikään lihas ei niissä värähtänyt.
Kysyin myöskin, eikö juuri hän ollut tervehtinyt vaimoani
päivemmällä. Siihen vastasi hän myöntävästi ja sanoi
tuntevansa vaimoni ylioppilasajoiltaan. Enempää en
tietenkään voinut kysyä.

Lordi Henry näytti kokonaan olevan Kurimon vallassa.
Hän ikäänkuin ahmi ystävänsä jokaisen sanan. Se oli
minusta sitäkin kummallisempaa, kun Kurimo oli vain
suomalainen opiskelija ja hänen ystävänsä englantilainen
ylimys.

Muistaessani nyt perästäpäin, kuinka herkullisen aterian
Kurimo oli tilannut ja kuinka vastoin se oli hänen
yksinkertaisia tapojaan, jotka myöhemmin opin tuntemaan,
en ollenkaan ihmettele vicomte de la Éen sanoja:

— Te saatte minut hämmästymään, herra Kurimo. Teistähän
on tullut täydellinen herkkusuu! Kerran te väititte minulle
Platon sanoneen, että herkuttelu on aivan yhtä vaarallista
ruumiille kuin sofistien viisastelut sielulle.

— Olette hyvin ystävällinen, vastasi Kurimo hymyillen.
Mutta Plato ei luullakseni tarkottanut täyttä totta tuolla
lauseellaan. Onpa olemassa asianhaaroja, jotka viittaavat
siihen, että hän sanoillaan olisi vain tahtonut ärsyttää
sofisteja. Ja entäpä Aristoteles, joka ankarassa Etiikassaan
luettelee kokonaista kaksikymmentäviisi eri soppalajia,
nähtävästi mitä suurimmalla mielihyvällä. Ah, kyllä
entisajan ihmiset osasivat herkutella. Ajatelkaahan vain
Sicilialaista Smindyridestä, joka kuletti mukanaan tuhat
kokkia matkustaessaan Kreikkaan, taikka Cheiripposta,
jonka pojat pääsivät Atenan kansalaisiksi, syystä, että
heidän isänsä oli keksinyt uuden ruokalajin.

— Teidän kyökkihistoriikkinne klassillisuushan on aivan
hirveätä, sanoi de la Ée nauraen.

— Sillä on ainakin se viehättävä ominaisuus, että se on
hyvin pintapuolista — jatkoi Kurimo heikon lämmön
värähtäessä hänen sanoistaan. — Vai ettekö ole ensinkään
huvitettu näistä asioista? Eikö teistä Caligulan
suunnattoman kalliissa aterioissa ollut jotain ihmeellistä. Ja
ajatelkaapa Vitelliusta, joka kahdeksan kuukautisena
hallitusaikanaan ehti tuhlata lähes puolitoista sataa
miljonaa herkutteluun. Tietysti sillä oli ikäviä seurauksia,
eikä syyttä sanota: Graecia victa vicit victores. Mutta
sittenkin. Nuo vanhanajan ihmiset uskalsivat uhrata

rahansa nautinnolle; me uhraamme nautintomme,
ruumiimme ja sielumme rahalle.

— Minusta teki Cleopatra kaikkein kauniimmin
liuottaessaan kallisarvoisen helmen maljaan, uskalsin minä
huomauttaa.

— Olette taiteellinen ja rakastatte yksinkertaisia keinoja. Vai
onko nykyaika opettanut teitä pitämään kivennäisjuomista?
vastasi Kurimo viehättävästi hymyillen. Sitten kääntyi hän
lordi Henryn puoleen, joka piti oluesta enemmän kuin
viinistä ja juuri otti hyvän siemauksen mielijuomaansa.

— Sinä olet parantumaton! Sinä annat vaikka maailman
jaloimpien viinien juosta kuiviin kunhan sinulle vaan jää
oluesi!... Jos te, herra Broman, joskus tahdotte tehdä
ystävälleni mieliksi niin ostakaa hänelle Diodorus
Siculuksen teoksia. Hän puhuu oluesta ja väittää sitä Osiris
jumalan keksimäksi. Se onkin ystäväni parhain puolustus.
Hän kerskuu aina sillä, että egyptiläiset jo aikaa ennen
Kristusta tunsivat oluen ja kantoivat sitä katakombeihinsa.

Vaikka en olekaan osannut matkia Kurimon paradoksalista
esitystapaa, olen kuitenkin kirjottanut tämän vähäpätöisen
keskustelun, koska tein siitä silloin hyvin todennäköisen
johtopäätöksen. Luulin näet, että uusi ystäväni oli henkilö,
joka kaikissa tilaisuuksissa tahtoi herättää huomiota ja
loistaa omituisuudellaan. Mutta myöhemmin tulin
näkemään kuinka täydellisesti tässäkin erehdyin.

Hyvästi jättäessään kertoi Kurimo pian lähtevänsä
kotimaahan ja toivotti näkemiin siltäkin varalta, ettemme
enää Parisissa tapaisi. Pyysin häntä käymään vaimoani
tervehtimässä, mutta hän sanoi aikansa olevan täpärän.

Palasin kotiin de la Éen seurassa, ja häneltä sain kuulla, että

Kurimo oli päässyt Burton-perheen suosioon pelastamalla lordi Henryn henkensä uhalla jostakin hirvittävästä vaarasta. Kukaan ei tiennyt asiaa tarkemmin, ainoastaan pöyristyttäviä huhuja liikkui siitä. Se oli salaisuus, joka kätkeytyi yön pimeyteen synkkine kauhuineen. Mutta siitä lähtien oli lordi Henry kantanut kättään siteessä ja luopunut kokonaan hurjasta irstailustaan.

Saavuttuani perille oli vaimoni vielä ylhäällä vaikka puoliyö oli jo käsillä. Hän riensi vastaani hymyillen ja silmät veitikkaa säteillen.

— Kuinka kauan sinä paha poika olet antanut minun odottaa! Et milloinkaan saa sitä anteeksi... No, oletko yhä huonolla tuulella? torui hän.

Silloin minä hellästi sulin hänet syliini, mutta täysin onnellinen en ollut.

On verraten helppoa säilyttää salaisuus, jos on sitoutunut vaikenemaan, mutta olla kertomatta tapausta, joka itsessään ei ole mikään salaisuus, vaan jonka julkituomista käsittämättömät aavistukset vastustavat, se on hirveää. Joka hetki pelkää, että se sivultapäin tulee tiedoksi ja samalla toivoo sitä salaisesti. Minäkään en voinut sanoa mitään vaimolleni. Omituiset vaistot pakottivat minut vaikenemaan ja olemaan varovainen. Sillä päivällisten selkkausten perusteella pelkäsin sopumme uudelleen rikkoutuvan, ellen osaisi vaieta.

Kun nyt jälestäpäin ajattelen näitä seikkoja, on minun ensiksi todettava, että niiden sattuessa olin kiihtyneempi ja hillittömämpi kuin koskaan ennemmin elämässäni. Tapaukset tuntuvat nyt hämärältä unelta ja niiden tavaton luonnottomuus herättää minussa epäluuloa. Mikä toi Kurimon pelisaliin? Vaikka hän oli taitava pelaaja, ei hän silti ollut pelisalin vieraita. Jos hän edes olisi ollut lordi Henryn seurassa — de la Ée kertoi minulle, että he joskus tapasivat siellä käydä, sillä nuori lordi oli ennen ollut intohimoinen pelaaja — mutta hän tuli yksin, edeltäkäsin, eikä nähtävästi odottanut toveriaan. Hän ei vähintäkään hämmästynyt huomatessaan minut, eikä värähdystäkään liikahtanut hänen kasvoillaan kuin ilmasin vaimoni nimen. Tämä on saada minut uskomaan, että hän tahallisesti oli seurannut minua pelisaliin, että hän siis oli nähnyt minun sinne menevän. Oliko hänen kummallinen käytöksensä teeskentelyä, tarkoin harkittua petosta, jonka takana piili halu tutustua minuun, vaikuttaa minuun ja saada ihailua osakseen? Tahtoiko hän jostakin syystä päästä ystäväkseni? Sitä on ainakin omiaan todistamaan hänen luonnoton ystävyydentarjouksensa. Mutta voi yhtähyvin olla toisinkin, sillä myöhemminkään ei ilmaantunut mitään seikkoja, jotka tukisivat epäilyjäni. Vaikka hänestä tulikin ystäväni, en voi toiselta puolen uskoa, että hän käytti sitä lasketusti tarkotustensa perilleviemiseen. En edes luule hänellä olleen mitään tarkotuksia. Kaikki saattoi siis olla aivan satunnaista ja kulkea luonnollista tietään mielentilojemme käänteiden mukaan. Joka tapauksessa tuntuu näiden seikkojen eriskummallisuus tavattoman teennäiseltä, enkä kaiketi milloinkaan voi tyydyttävästi selittää enemmän omaani kuin ystävänikään menettelyä.

V.

En enää tavannut Kurimoa koko Parisissa oleskelumme
aikana. Vaikka tähystelin ympärilleni kaduilla ja vaimoni
kanssa kävimme julkisissa paikoissa, ei häntä missään
näkynyt. Ystäväni de la Ée ei hänestä tiennyt sen enempää.

Vaimoni ja minä elimme kerrassaan onnellista elämää —
ainakin ulkonaisesti. Se epäily, jonka hänen omituinen
käytöksensä oli herättänyt, iti kyllä sielussani. Se muodosti
välillemme kuilun, mutta vielä en tuntenut sen hämäriä
syvyyksiä. Minä osasin vaieta. Sillä tiesin, että jos kerran
vaimoni oli ollut jossakin suhteessa tuohon merkilliseen
mieheen, oli minun turhaa koettaa sitä udella. Olisin vain
pilannut asiani, tuottanut vaimolleni tuskaa ja tehnyt oman
elämäni onnettomaksi. Olin siis kokonaan ääneti ja odotin
mitä tulisi, milloin sumu ympäriltäni hälvenisi ja kohtaloni
päähermo värähtelisi paljastettuna edessäni. Sillä aavistin —
vaikken käsittänyt aavistukseni perussyitä — että Kurimo
oli henkilö, joka vielä tulisi vaikuttamaan elämääni.
Ikäänkuin salaperäisen vaiston avulla tunsin kohdanneeni
ihmisen, jonka kohtalo oli minun kohtalooni sidottu ja
jonka voimakas personallisuus kerran saisi minut kauhusta
vapisemaan. Siitä huolimatta olisin tahtonut olla hänen
seurassaan ja tutustua tarkemmin häneen. Minä suorastaan
kaipasin häntä ja odotin jännittyneenä hetkeä, jolloin saisin
jälleen tavata hänet. Olin samallaisessa kuumeisessa tilassa,
joka meille on niin ominainen suuren vaaran uhatessa. Me
etsimme sitä, jos se kätkeytyy. Me ajamme sitä takaa jos se

pakenee. Ja kun se vihdoin on edessämme, tuijotamme sitä
tuhkanharmaina ja kauhusta sanattomina.

Parisista matkustimme vähäksi aikaa Skottlantiin ja
huhtikuun lopulla palasimme Turkuun. Vietimme kesän
äitini huvilassa ja kävimme Pietarissa katsomassa isääni.

Syksyllä vuokrasimme Helsingistä soman huoneuston
asunnoksemme, sillä vaimoni tahtoi kaikin mokomin olla
talven siellä. Elelimme sitten hiljaisesti ja verraten suletusti,
ja onni ja tyytyväisyys viihtyivät luonamme.

Kun eräänä iltapäivänä rauhallisesti astuskelin Bulevardilla,
kuulin sointuvan äänen sivullani sanovan:

— Hyvää päivää, herra Broman! Tervetuloa kotimaahan!

Käännyttyäni näin ihmeekseni Kurimon hymyilevät kasvot.
Siitä minä ilostuin ja puristin sydämellisesti hänen kättään.

Hän kertoi minulle lähteneensä Parisista pari päivää
tapaamisemme jälkeen erään perintöasian vuoksi.
Haukiojan kartanon omistaja oli kuollut, ja kun Kurimo oli
tämän yksinäisen vanhanpojan lapsi, vaikkakin avioton, oli
hän testamentissään määrännyt kartanonsa ja koko
omaisuutensa pojalleen.

Kun nyt jälestäpäin muistan, miten avomielisesti hän kertoi
jokaisen yksityiskohdankin, niin en taaskaan saata olla
ihmettelemättä. Hän ei peitellyt mitään. Ja kuitenkin sain
myöhemmin kokea kuinka läpitunkemattoman
itseensäsulkeutunut hän oli, yksinpä vähäpätöisimmissäkin
asioissa.

Keskustelun kestäessä olimme tulleet aivan kotini lähelle,
joten pyysin Kurimoa sisään tervehtimään vaimoani.
Pyyntöni oli ensin laimea, mutta hänen omituiset estelynsä

61

virittivät minut äkkiä kuin jousen. Polttava liekki syttyi sieluuni. Kaikki ajatukseni kääntyivät siinä määrin sisäänpäin, etten oikeastaan tietänyt mitä ympärilläni tapahtui, ja ne hartaat pyynnöt, joilla rupesin häntä ahdistamaan, tulvivat huuliltani vaistomaisesti ja sisäisestä pakosta. Enempää vastustelematta hän suostuikin.

Vaimoni otti meidät vastaan kalpeana ja silmät hämmästyksestä synkkinä. Omituinen, vääristynyt hymy vavahteli hänen huulillaan. On selvää että tarkastelin häntä nautinnolla.

— Minun ei tarvinne esitellä teitä. Tehän olette vanhoja tuttuja, vai kuinka? sanoin.

— Tuttavuutemme on vain vähäpätöinen. Epäilen tokko rouva enää muistaa minua näin pitkän ajan perästä, vastasi ystäväni.

Säpsähdin hänen ääntään. Vaikka hymy valasi hänen kasvonsa, oli ääni kuiva ja tukahtunut. Palava tulivuori tuntui hehkuvan sen hillityn sävyn takana, Se oli samallainen kuin kerran pelisalissa. Toistamiseen elämässäni kuulin sen muuttuneena.

Vaimoni oli sillävälin saanut takasin tyyneytensä ja ojensi nyt aivan rauhallisesti ja luonnollisesti kätensä uudelle ystävälleni.

— Muistan teidät varsin hyvin herra Kurimo. Mutta miten ihmeessä olette nyt täällä? Luulin nähneeni teidät Parisissa keväällä.

— Tekin, rouva, olitte silloin siellä, vastasi ystäväni sointuvin äänin ja niin koomillisesti, että kaikki purskahdimme nauruun ja jännitys väliltämme laukesi.

— Mutta milloin maailmassa te olette mieheeni tutustunut?
Arnold ei ole siitä koskaan maininnut, kysyi vaimoni
meidän asettuessamme istumaan.

Kurimo katsoi minuun terävästi kissan silmillään.

— Tuttavuutemme on aivan uusi. Tapasimme toisemme
sattumalta
Parisissa, ja miehenne on varmaankin unohtanut koko
jutun, vastasi hän.

— En voinut siitä puhua, kultaseni. Ystävyytemme syntyi
pelisalissa, eikä sellaisesta voi kertoa kuherruskuukausien
aikana, sanoin minä hymyillen.

Vaimoni nauroi ja häristi minulle sormeaan.

Mitään erityisempää ei puhuttu. Kurimolla oli kiire, —
ainakin hän väitti sitä — ja kaikista estelyistämme
huolimatta lähti hän pian. Mutta elämä ei tahtonut tuntua
enää samallaiselta sen jälkeen. Kerroin vaimolleni
pelitapahtumat niin lievässä muodossa kuin suinkin
mahdollista, mutta salasin sen, että olin aikonut ampua
Kurimoa. Märta vain naureskeli koko jutulle ja teki minulle
kiusaa. Kuitenkin huomasin, että hän oli hermostunut ja
rauhaton ja kun suutelin häntä, olivat hänen huulensa
kylmät ja hän värisi huomattavasti.

Nyt alkoi aika, jonka kuluessa yhä kiinteämmin liityin
Kurimoon. Päästyään perinnön kautta varakkaaksi
mieheksi, oli hän jättänyt kaikki huolet aineellisesta
toimeentulosta ja järjestänyt elämänsä kokonaan mielensä
mukaan. Hän oli vuokrannut sievän huoneuston. Itsellään
oli hänellä joltisenkin runsas kirjasto ja oma laboratorio,
jossa hän teki merkillisiä kemiallisia kokeita.

Minusta tuli suorastaan hänen kiusanhenkensä. Keskellä

hänen työaikaansa tunkeuduin laboratorioon, missä hän
istui pullojen, lasiputkien ja retorttein keskellä kellertävään
mekkoon puettuna. Siellä kyselin häneltä monellaisia
asioita, vieläpä sain hänet selittämään kemiaa itselleni ja
näyttämään muutamia kokeita.

Me kulimme yhdessä teatterit ja konsertit sen vähän minkä
niitä yleensä Helsingissä oli. Hän rakasti suuresti
näytelmätaidetta, ja musiikkia hän suorastaan jumaloi. Hän
piti sitä aristokraattisempana kuin mitään muuta. Sen
vaikutus oli hänestä ylhäisempi kuin toisten taiteiden. Se
kohotti mielen korkeihin ilmapiireihin, jossa kaikki oli
puhdasta ja eterisen läpinäkyvää. Tietenkin ihaili hän myös
maalareita, ja sain usein ihmetellä hänen omituista makuaan
ja rakkauttaan hillittyihin väreihin. Hän tiesi taiteenkin
alalta suunnattomasti enemmän kuin minä ja syvensi
melkoisesti käsityskantaani.

Mitä hänen ulkonaisiin tapoihinsa tulee, on minun
mainittava muutamia ominaisuuksia.

Milloinkaan ei hän juonut itseään päihdyksiin. Hän otti
vain pari lasillista ja lopetti sitten jyrkästi, niin jyrkästi ettei
mikään saanut häntä horjumaan. Jos kehotti häntä, vastasi
hän kohteliaasti "kiitos, kyllähän minä", mutta siinä olikin
kaikki. Kuitenkaan ei hän koskaan hermostunut eikä
poistunut kesken, vaikka seuramme toisinaan oli hurja jopa
räyhääväkin erikoisissa tilaisuuksissa. Päinvastoin! Joka
kerta kun kilistimme, nosti hänkin lasinsa huulilleen, mutta
laski sen täyteläisenä takaisin pöydälle.

Kuten jo kerran olen maininnut, olin saanut hänestä
ystävyytemme syntyessä sen käsityksen, että hän kaikin
tavoin koetti herättää huomiota. Mutta asianlaita olikin
aivan päinvastainen. Hänellä, jos kellään, oli se harvinainen
ominaisuus, että hän osasi kuunnella mitä toiset sanoivat,

pyrkimättä itse sekaantumaan keskusteluun. Hän ei missään tilaisuudessa tahtonut "esiintyä", eikä milloinkaan ottanut omaa personaansa puheenalaiseksi. Istuen aivan alallaan ja hermostuneita liikkeitä tekemättä, hän tarkkaavasti kuunteli ketä tahansa, kohtelias ilme kasvoillaan. Silti ei hän ollut äänettömänä. Hän osasi pistellä väliin keveitä lauseita, paradokseja ja omituisia epigrammeja, mutta hän ei korostanut niitä, eikä mitenkään tahtonut tehdä niillä itseään huomatuksi. Hänellä tuntui olevan ehtymätön varasto kaksimielisiä lauseita, joiden näennäinen merkitys oli aivan tavallinen, mutta jotka tarkemmin ajatellen saattoi selittää toisin, jopa varsin ilkeästikin joskus. Mutta hän viskeli niitä niin hillitysti ja sivumennen, että ainoastaan hyvin tarkkaavainen korva huomasi niissä kären.

Se mikä hänessä minua kuitenkin eniten ihmetytti, oli hänen tavaton salaperäisyytensä. Hän oli kääriytynyt kuin läpinäkymättömään vaippaan, josta hän mystillisenä ja tutkimattomana tähysteli maailmaa. Ei kukaan päässyt näkemään vilahdustakaan hänen sisimmästään, ei kukaan tiennyt hänen suunnitelmistaan tai aikeistaan, olivatpa ne miten vähäpätöisiä tahansa. Jos kysyi häneltä häntä itseään koskevia asioita, vastasi hän kohteliaasti ja laajasti. Mutta siitä ei paljoa viisastunut. Itse asian ydin eteni ja häipyi olemattomiin, mutta ympärillä olevat sivuseikat tuntuivat kohoavan vähäpätöisestä asemastaan ja liittyvän yhteen eksyttäväksi kokonaisuudeksi. Minä suorastaan ihmettelin sitä neroutta, millä hän selviytyi pulmallisimmistakin kysymyksistä, ilmasematta mitään erityisempää.

Tuollainen salaperäisyys on verho, jonka taakse — joko kätkeäkseen entiset tekonsa, tai salatakseen uusien suunnitelmat — turmeltuneet sielut usein vetäytyvät. Mutta en voi uskoa hänessä olleen mitään rikollista. Hän pikemmin tutki itseään salaperäisyydessään, tai sitten salaperäisyytensä vaikutusta muihin. Hän jollaintavoin nautti itsekseen sulkeutumisestaan, samalla kuin sen mystillinen vaikutus toisiin henkilöihin tuotti hänelle hiljaista iloa. Läpitunkemattomuus teki hänet mielenkiintoiseksi ympärilläoleville, lumosi heidät ja pakotti heidät uteliaisuuteen, ja tuo helposti havaittava uteliaisuus teki hänelle toiset värikkäämmiksi ja tuotti hänelle salaista nautintoa. Onhan ehkä tenhoavaa, omistaa kätkö, johon kellään ei ole avainta, sielu, jonka syvyyksiä ei kukaan voi paljastaa ja jonka edessä senvuoksi toisten sielut itsestään avautuvat. Salaperäisyys oli hänessä voimaa, jota kantamaan hän kuitenkin oli liikaa terve; siksi oli se samalla hänen vikansa. Mutta voi olla myöskin mahdollista, että erehdyn luullessani häntä tällaiseksi nautiskelijaksi. Kenties kaikki olikin luonnollisuutta. Kenties hän todellakin oli niin yksinäinen, että kosketus jonkun toisen henkilön kanssa olisi tuottanut hänelle tuskaa.

Vaikka hän siis oli itseensäsulkeutunut ja pysytteli syrjässä, jouduin ennenpitkää kokonaan hänen vaikutuksensa alaiseksi. Hänen katseensa ikäänkuin tunkeutui läpi sisimpäni ja lumosi minut hypnottisella voimalla. Hänen äänensä syvä sointu ja värikäs vivahdusrikkaus tenhosivat minut, ja hänen salaperäisyytensä kiihotti uteliaisuuttani. Mutta minuunkaan ei hän luottanut. Hän oli kyllä toisinaan tavattoman avomielinen ja kertoi muutamia elämänkokemuksiaan aivan yksityiskohtaisesti. Mutta hän tiesi aina tarkoin mitä sanoi, eikä koskaan ilmassut enempää kuin tahtoi. Minä sitävastoin olin kuin avoin kirja hänelle. Hän tunsi jokaisen askeleeni, eikä minulla ollut salaisuutta, jota hän ei olisi saanut selville. Kuitenkaan ei hän milloinkaan kysellyt suoraan, hän pakotti minut puhumaan. Hän kietoi minut niin taitavasti pauloihinsa, etten huomannutkaan ennenkuin oli myöhäistä.

Oli omituista kuulla hänen mielipiteitään, kun hän joskus, kahden ollessamme hairahtui niitä esittämään. Ne olivat aina varmoja ja tarkasti harkituita, enkä kuitenkaan usko niiden olleen hänelle itselleenkään todellisia. Minulla olisi ollut paljonkin vastaansanomista, mutta en voinut väitellä hänen kanssaan. Sillä minun käsitykseni monesta asiasta olivat ennakkoluulojen rajottamia. Hänen mielipiteensä teki taas ennakkoluulottomuus liikaa yksilöllisiksi.

Meille ei hän tahtonut tulla usein. Hän vakuutti, ettei hän voinut viihtyä perheissä, koska niissä vallitsi aina niin huono sopu, että syötiin liikaa kiukusta. Vaikka parhaani mukaan koetin todistaa hänen väitteensä valheellisuuden, ainakin minun suhteeni, pysyi hän siitä huolimatta periaatteelleen uskollisena. Se tietysti oli omiaan kiihottamaan salaista epäilyäni, jolle kaikin tavoin koetin saada perusteita. Mutta hän näki minun lävitseni. Hän tiesi mitä sielussani liikkui. Minä huomasin sen ja se raivostutti minua. Tietenkin hän silloin tällöin pistäytyi vaimoani tervehtimässä, mutta hän viipyi vaan lyhyen ajan, ja ainoastaan pari kertaa koko talvessa sain hänet jäämään päivälliselle. Hän puhui vaimolleni hyvin ylimalkaisista asioista, tai leikitteli hymyillen paradokseillaan. Ja vaikka kuuntelin tarkasti, en milloinkaan huomannut heidän keskustelussaan salaisia viittauksia entisyyteen. Kuitenkin varmentui aavistukseni, että heillä joskus oli ollut jonkinlaisia yhdyssiteitä, vaikka ne sittemmin olivat rauenneet.

Hänen elämänsä kulki omituisissa jaksoissa, ollen sisäisessä merkityksessä hyvin levotonta ja hapuilevaa. Jokin ahdistus näytti häntä vaivaavan. Toisin ajoin syventyi hän viikkomääriksi kemiaansa, toisinaan heitti hän sen kokonaan sikseen. Edellisessä tapauksessa koetti hän luullakseni hukuttaa tunteensa työhön ja työn avulla tukahuttaa levottomat äänet sielussaan, jälkimäisessä ahdisti häntä työnsä tunteettomuus ja hän pyrki sisäänpäin kääntyneiden tutkimusten kautta rauhaan ja selvyyteen. Tästä syntyi ristiriita, josta ei hän kaiketi milloinkaan ollut vapaa.

Työjakson kestäessä oli hän alituisesti laboratoriossaan. Silloin oli hän tavattoman vaitelias ja ajatuksiinsa vaipunut. Niin, hän puhui tuskin mitään. Mutta vaikka mihin aikaan olisin mennyt hänen luokseen, ei hän hermostunut, eikä tullut kärsimättömäksi.

— Jaksatko odottaa muutaman minuutin, Arnold? En mielelläni jättäisi koettani aivan keskeneräiseksi, sanoi hän lasiputkiaan tarkastellen.

Silloin seisoin usein hänen vieressään katsellen hänen hommiaan, vaikken niistä suuriakaan ymmärtänyt. Ja kun hän oli saanut "keittonsa" valmiiksi, riisui hän mekkonsa ja vei minut toiseen huoneeseen.

Mutta kerran oli hän sulkeutunut lukon taa. Kun koputin ovelle ja ilmotin nimeni, sanoi hän hyvin kiihtyneesti.

— Rakas Arnold, suo anteeksi, nyt en voi ottaa sinua vastaan. Tule tunnin perästä uudelleen, jos tahdot minua tavata.

— Olen kirjastossasi niinkauan, vastasin hänelle

Kului kuitenkin lähes kaksi tuntia, ennenkuin kuulin hänen askeleensa. Kun hän astui ovesta sisään, olivat hänen kasvonsa harmaankalpeat ja kauhu kuvastui hänen silmistään.

Niinä aikoina, jolloin hän kokonaan oli erossa laboratoriotöistään oli hän raskasmielinen, mutta puhui enemmän. Hän luki silloin kaunokirjallisuutta ja omisti kaiken huomionsa taiteelle. Klassikot olivat hänen mieliluettavaansa, mutta myöskin vanhat kansanmyytit ja eritoten Ossianin laulut. Ne tunsi hän tarkoin ja hän selitti minulle usein niiden kauneuksia.

Oli merkillistä kuulla hänen puhuvan taiteesta. Toisinaan lasketteli hän mitä kummallisimpia ja ristiriitaisimpia aforismeja. Silloin sauhusi sikari yhtämittaa hänen hampaissaan ja hänen huulillaan leikki tuo omituinen hymy, joka kärjistyi ivaksi suupielissä, ympäröi sydämellisenä oikean posken hymykuoppaa, ja eteni kauemmas kasvoille liikehtivänä, kuin kevyen harson varjo. "Filosofia on usein vain runoutta", saattoi hän esim. sanoa, "mutta runous ilman filosofiaa on vain epäoikeutettua luonnon jäljittelyä. Tiede on vain sikäli filosofiaa, mikäli siinä erehdykset voivat tulla kysymykseen, mutta taide on vain sikäli tosirunoutta, mikäli siinä filosofia ei ole tiedettä." Luulen hänen kuitenkin tahtoneen yksinomaan hämmästyttää minua ja tutkia minua sellaisessa mielentilassa. — Toisinaan hän taas vakavasti innostui selittämään minulle jotakin kirjateosta. Silloin tavaton lämpö värähteli hänen sanoistaan ja puna kohosi hänen kalpeille kasvoilleen. Hän esitti minulle monta seikkaa kokonaan uudessa ja ennentuntemattomassa valossa. Hän kiinnitti usein huomionsa pikkuseikkoihin ja teki niistä johtopäätöksiä, jotka saivat minut ihmettelemään. Hän sanoi aina, ettei kirjaa pitänyt ensikertaa lukiessa ollenkaan arvostella. Tuli vain antautua sen tunnelman tuuditettavaksi, joka runoilijan mielessä oli luodessa liikkunut. Tuli tarkistaa korvansa teoksen salaisia säveliä kuulemaan, sulautua niihin, heittäytyä niiden aalloille ja unohtaa hetkeksi kaikki muu. Arvostelu ja tutkimus saivat jäädä tuonnemmas.

Hän kokosi huoneisiinsa mitä omituisimpia veistoksia,
usein sellaisia, jotka minun mielestäni olivat varsin
vähäpätöisiä, ja hänen seinillään oli tauluja, joiden
kauneusarvoja en ollenkaan ymmärtänyt. Mutta kun
kerran rohkenin väittää erästä Venus-veistosta
epäsiveelliseksi, jopa suorastaan aistillisesti kiihottavaksi,
ryhtyi hän sitä puolustamaan innolla, jota en luullut hänen
edes omaavan. Jäin kuuntelemaan hänen sanojensa vuolasta
tulvaa kuin kosken kohinaa hämärässä korvessa. Hänen
mielikuvituksensa väririkkaus lumosi minut. Hänen
äänensä sointu ja lauseiden hillitty hehku tenhosivat minut.
Minä kohosin ikäänkuin korkeampiin ilmapiireihin, missä
uusi, voimakas kirkkaus valasi sieluni. Aistillisuus
ikäänkuin puhdistui ja kuona sen ympäriltä katosi hänen
sanojensa ahjossa. Se muuttui mielestäni luonnollisuudeksi.
Se tuntui valtavalta hymniltä, joka luonnossa humajaa
silloin, kuin tuoreus ja elinnesteet ovat runsaimmillaan ja
salaperäinen luomisvoima tykähtelee sen kätketyissä
valtimoissa. Itse Venus-kuva näytti saavan glorian
ympärilleen, se ikäänkuin kohosi jalustalle, jonka ympärillä
viinirypäleet kypsyneinä kimaltelivat; raikas, vavahduttava
tuoksu lähti sen valkeista jäsenistä ja äsken saastaisina
pitämäni kasvot aukenivat eteeni kuin lilja, jonka lehdillä
yökaste kyynelehtii. Ympäristön ääriviivat hukkuivat ja ajan
humaltuneet hetket sykkivät valheellisina kuin unessa. Olin
joutunut mielentilaan joka siihen asti oli ollut minulle
täydellisesti vieras. Uudet, hienovivahduksiset tunnelmat
värisyttivät sieluani, ja minä kuuntelin kuin hypnotisoitu,
silmät ihastuksesta jäykkinä.

Tuo hiljainen mies, joka seuroissa oli vaitelias ja
itseensäsulkeutunut, saattoi siis puhua hyvin kuin
klassillinen kaunopuhuja. Hän osasi sanojensa musikilla
herättää uusia näkemyksiä toisessa henkilössä ja saada
toisen sydämessä ennentuntemattomat kielet väräjämään.

Hän hurmasi minut niin täydellisesti, etten pitkään aikaan osannut puhua mitään. Ja kun lumouksesta vapautuminen vihdoinkin salli minun käyttää kieltäni niin huudahdin innostuksen valtaamana.

— Mutta sinähän olet mainio! Mikset sinä koskaan esiinny? Sinun pitäisi esitelmöidä ja pitää puheita!

Silloin hymy palasi hänen kasvoilleen ja hän sulkeutui jälleen kuoreensa. Tehden kädellään torjuvan liikkeen sanoi hän:

— Rakas ystävä. Sinä näet hyväksi imarrella minua. Puhe on aina kokonaan hyödytöntä. Sen viehätys on vain siinä, että niin yleisö kuin itse puhujakin ovat sen seuraavana päivänä täysin unohtaneet, ja sen ainoa etu on siinä, että se totuttaa kuulijoita kärsivällisyyteen.

Hänen sulkeutuneisuutensa sai minut väliin epätoivoiseksi, ja monasti päätin pysytellä pois hänen seurastaan. Tahdoin nöyryyttää häntä, olla kylmä ja välinpitämätön ja antaa hänen tulla tiedustelemaan poissaoloni syytä. Mutta olin hänen suhteensa kokonaan voimaton. Hänelle näytti olevan aivan samantekevää, olinko maailmassa olemassakaan. Hän ei etsinyt minua, eikä tullut minua hakemaan seuraansa. Silloin salaperäinen voima, jonka olemusta en ensinkään käsittänyt, mutta jonka vaikutus oli sitä tuntuvampi, veti minua hänen luokseen. Jos viivyin poissa muutaman päivän, tulin niin rauhattomaksi, etten saanut tilojani missään. Tuhansia asioita ilmaantui, joista olisin tahtonut hänelle puhua, tuhansia pikkuseikkoja, jotka sytyttivät minussa kiihkeän halun, niin, suorastaan pakottivat minut häntä tapaamaan. Ja kun vihdoin väsyin ja antausin, niin ei hän edes huomauttanut pitkästä poissaolostani. Vai näkikö hän aina lävitseni? Tunsiko hän nämätkin taisteluni?

Vietimme vaimoni kanssa tyyntä elämää. Hän oli oppinut luottamaan minuun ja sydämellisyyteni teki hänet herttaiseksi. Kuitenkin oli välillämme juopa, joka leveni päivä päivältä, kuin sumuvyöhyke, jonka harmaus kävi yhä selvemmäksi. Keskustelumme rajottuivat. Ne pysyttelivät aina määrätyillä aloilla, joiden ulkopuolelle en uskaltanut ainakaan kauas tunkeutua. En tohtinut kosketella hänen entisyyttään, sillä hän muuttui aina omituisesti — vaikka hän koetti sen huolellisesti salata — jos siitä tuli puhe. Niinikään oli Kurimo harvoin puheenaiheenamme. Olin niin varovainen kuin mahdollista, enkä tahtonut loukata vaimoani, vaikka epäily kyti sydämessäni. Sillä minä rakastin häntä. Minä jumaloin hänen ylhäistä ylpeyttään. Ja olin siinä uskossa, etten mistään olisi voinut löytää mieleisempää puolisoa. Hänkään ei rasittanut minua pikkumaisilla nuhteilla tai kyselyillä. Jos milloin viivyin myöhään poissa ei hän näyttänyt hapanta naamaa, eikä hysterinen, hermostuttava sanatulva odottanut minua palatessani. Siitä oli seurauksena, että sanoin hänelle usein minne menin ja pyysin häntä mukaani, vaikkapa vain muodollisesti. Se oli myöskin omiaan tekemään seurusteluni Kurimon kanssa miltei jokapäiväiseksi.

Tietenkin oli vaimoni mukana kun kävimme konserteissa tai muissa sellaisissa. Ja minun täytyy sanoa, ettei Kurimoa miellyttävämpää konserttitoveria juuri voinut toivoa. Hienoilla, terävillä huomautuksillaan sai hän vaimonikin usein haltioihinsa.

Mutta minä pidin aina ystävääni silmällä. Joka tilaisuudessa vakoilin häntä ja punnitsin hänen sanojaan. Sillä palava halu tietää, mitä ystäväni kivisen kuoren alle oli kätkettynä, vaivasi minua alituisesti. Olisin tahtonut saada selville, vieläkö hänen sydämensä oli lämmin, vai olivatko tunteet jähmettyneet ja omatunto menettänyt herkkyytensä. Mitä tuskia, mitä koettelemuksia olikaan tarvittu, ennenkuin noin kylmä liikkumattomuus oli asettunut hänen kasvoilleen? Mitä sisäisiä taisteluja hän olikaan kestänyt? Nämä kysymykset pyörivät aivoissani koko talven, ja niihin liittyi omituinen aavistus siitä, että jos minun kerran onnistuisi halkasta hänen panssarinsa, jos kerran näkisin hänen sielunsa kätköt, niin omakin kohtaloni seisoisi edessäni alastomana ja värähtelevin jäsenin.

* * * * *

Kun nyt tarkastelen kirjotuksiani, niin avuttomuus ja outo tuska saavat minut valtoihinsa. Luulin noiden vaiheiden, jotka selvinä elävät mielikuvituksessani, olevan helposti kuvattavissa. Uskoin saavani ne tunteet ja mielentilat, jotka nuo tapaukset minussa synnyttivät vähin vaivoin ymmärrettäviksi. Mutta nämät rivit eivät ilmasekaan mitään. Ne ovat sekavia ja antavat huonon, kenties epätodellisen kuvan ystävästäni. Ja ne hienot salaperäiset vivahdukset, jotka milloin jännittivät hermoni äärimmilleen, ja tuottivat minulle kauhunsekaista tuskaa, milloin hurmasivat minut ja herättivät ihmettelyäni, pysyvät kokonaan salassa vieraan silmältä. Ne olivat senlaatuisia yksityiskohtia, ettei taitoni riitä niitä kuvailemaan. Omaamatta kykyä tunkeutua välittömästi ihmissieluun, minä olen ollut pakotettu turvautumaan deskriptivisiin keinoihin ja syrjäyttämään erikoiset tapahtumat. Sillä jos yrittäisin niitä esittää, niin luulen, etten itsekään olisi työhöni tyytyväinen. Ja toisten mielestä tuntuisivat nuo seikat varmaankin liian vähäpätöisiltä, pelkäänpä naurettavilta. Kuitenkin minä hartaasti toivoisin, että jokainen pulmallinen kysymys sielussani saisi ratkasunsa, että jokainen varjo sieltä pakenisi ja minä voisin rauhallisena kääntää katseeni tulevaisuutta kohti.

VI.

Koko talven aikana kävi Kurimo vain muutamia kertoja maatilallaan, viipyen siellä ainoastaan joitakuita päiviä. Mutta kesäksi aikoi hän muuttaa sinne.

Vaimoni ja minä olimme päättäneet oleskella vuoroin äitini huvilassa, vuoroin vapaaherra af Silfverhornin kartanossa; väliin pistäytyisimme saaristoon huviretkelle.

Lähtiessään pyysi Kurimo minua kaikin mokomin käymään luonaan. Ainakin syksymmällä, jolloin metsästys hänen suurissa saloissaan tuottaisi minulle varmasti nautintoa.

Suvi kului hupaisesti, mutta kaipasin usein ystävääni. Olin monasti aikeessa noudattaa hänen kutsuaan. Kuitenkin sain hillityksi itseni, niin että ainoastaan kirjotin hänelle muutaman sanan. Sillä ymmärsin, että välinpitämättömyys, kylmyys ja teennäinen etääntyminen olivat ainoat keinot, joiden avulla voin päästä häntä lähemmäksi. Sitäpaitsi tunsin jonkunlaista pelkoa, vai oliko se itsesäilytysvaistoa. En tahtonut näyttää, että hän merkitsi niin paljon minulle. En tahtonut antaa hänen salaisesti riemuita vallastaan ylitseni ja vaikutuksestaan minuun.

Mutta kun syyskuun alussa palasimme Helsinkiin ja hän yhä viipyi poissa, tuli janoni nähdä häntä ja kuulla hänen ääntään niin voimakkaaksi, että oloni tuntui tuskalliselta. Olinhan niin yksin, ja suhteeni Märtaankin oli omituinen, sanoisinko alakuloinen. Ulkonaisesti oli kyllä kaikki

75

ennallaan, mutta sisäisesti olimme yhä enemmän eristyneet ja vieraantuneet toisistamme, ja meitä kumpaakin ahdisti se, ettei vielä ollut toivoakaan perillisestä. Kun siis, viettäessäni tällaista yksitoikkoista elämää, sain Kurimolta kirjeen, jossa hän jälleen uudisti kutsunsa, niin on helposti ymmärrettävää, etten voinut kauemmin kaipaustani vastustaa. Mutta enhän saattanut lähteä yksin ja jättää vaimoani kaupunkiin. Ehdotin siis hänelle matkaa niin varovasti kuin mahdollista. Hän kuitenkin kieltäytyi viitaten siihen, ettei ystäväni ollut häntä erityisesti kutsunut. Silloin hurja halu sai minut valtaansa. Tahdoin nähdä heidät vierekkäin, jokapäiväisessä seurustelussa toistensa kanssa ja siten saada selville kaiken mikä yleensä oli selvillesaatavaa. Ja tuon ajatuksen, tuon äkkinäisen mielijohteen kiihottamana esitin pyyntöni niin hartaasti, että vaimoni suostui siihen.

Kun saavuimme Haukiojalle, ihastutti valtava luonto minua suuresti. Puistossa huminoivat ikivanhat puut. Keltaset lehdet lentelivät kahisten tuulessa ja sambucuspensaiden marjat punottivat. Jylhän järven aallot solisivat hiljaa, ja saarissa kohottivat suuret kuuset latvojaan kuin jättiläiset. Itse kartanokin oli lumoava pensasten ja murattien keskellä.

Kun huomautin tästä vaimolleni, niin hän ainoastaan nyökkäsi ja hänen kasvonsa olivat kalpeat. Silmät katsoivat raukeina jonnekin etäälle. Hän näytti uneksivan. Se kummastutti minua, mutta koetin uskotella itselleni kaiken johtuvan väsymyksestä. Sillä en tiennyt silloin — niin omituiselta kuin se kuuluneekin — että hän ennen oli ollut Haukiojalla.

Kurimo oli portailla meitä vastassa.

— Hyvää päivää, herra Kurimo! Älkää nyt vain olko pahoillanne, että omin lupineni tunkeudun kotiinne. Syy

76

onkin enemmän Arnoldin kuin minun, huusi vaimoni nauraen.

— Olette sydämellisesti tervetullut, rouva! Olen hyvin kiitollinen, että teitte Arnoldille seuraa. Muuten hän olisikin menehtynyt ikävään täällä yksinäisyydessä, vastasi ystäväni herttaisesti hymyillen, mitä lieneekin ollut hänen hymynsä takana.

Oli verraten myöhäinen iltahetki parisen päivää saapumisemme jälkeen. Istuimme kaikki kolme suuressa, vanhanaikaisessa salongissa, jonne ystäväni oli sijottanut vastaostamansa pianon. Olimme juuri juoneet teetä. Ja kun keskustelu ei tahtonut sujua, pyysi Kurimo vaimoani soittamaan.

Salongissa oli hämärä. Ainoastaan kaksi kynttilää, joita pianoon kiinnitetyt, kullatut jalustat kannattivat, levitti soittokoneen ympärille himmeää valoa, mikä ei kuitenkaan jaksanut huoneen etäisimpiin osiin. Kuu valoi hopeitaan läpi akkunoiden. Ja kynttilöiden sekä kuun yhteisvaikutuksesta kävi pimeys läpikuultavaksi. Se keveni utuiseksi hämyksi, joka ikäänkuin keinui sävelten aalloilla ja herätti mielessä mystillisen tunnelman. Esineiden ääriviivat erottautuivat pehmeinä ja epäselvinä. Ja kun nopeastikiitävät pilvenhattarat kulkivat yli kuun, niin salaperäiset varjot liitelivät huoneessa. Ne kiiruhtivat yli lattian, ajoivat toisiaan takaa seinillä, heittäytyivät sohvalla toistensa syliin ja häipyivät äänettöminä suuren muurin nurkkaan.

Vaimoni soitti pari Chopinin kappaletta. Niiden omituinen, valtava surumielisyys ja aristokrattinen ylevyys vaikuttivat puolihämyssä melkein ahdistavasti ja aavistus siitä tunteesta, joka ne oli taiteilijasta pusertanut, kulki liikuttavana läpi sydämen. Autio, alakuloinen tunto tuuditti mielen olemattomia kaipaavaksi. Silmissä hupeni kaikki kuin uneksi. Ja tuntui kuin olisivat suonetkin alkaneet tykähdellä samassa tahdissa riutuvien sävelten kanssa.

Kun viimeinenkin sävel oli sammunut ja sen kaiku vähitellen kuollut, niin hiljaisuutta huoneessa kesti kauan. Kukaan ei liikahtanut. Kynttiläin liekit lekottivat hitaasti ja varjot leikkivät lattialla. Ei hiiskahdustakaan kuulunut, ennenkuin vaimoni kääntyi meihinpäin ja hymyillen lausui:

— No?

Vasta silloin näytti ystäväni heräävän unelmistaan ja minäkin ikäänkuin säpsähdin.

— Te soitatte mainiosti, rouva. Teidän esityksessänne on tunnetta ja sielukkuutta, joka tempaa mukaansa. Suokaa anteeksi, mutta en todellakaan luullut kykyänne näin suureksi. Olette taiteilija, sanoi Kurimo pehmeällä äänellä, jonka sointu hillittynä värähteli läpi kuutamoisen hämärän.

— Kuinka hirveästi te imartelette! Tosiaan, aivan liikaa punastuakseni tai tullakseni hämilleni!

— En ollenkaan huoli teitä imarrella. Sanon ihan suoraan, ettei teknikkanne ole vielä lähimainkaan huipussaan. Mutta olen kuullut esityksiä, jotka uskomattoman etevästä teknillisestä suorituksesta huolimatta, tekevät kylmän ja vieraan vaikutuksen. Sielukkuus ja syvä musikalinen tunne, ne juuri valtaavat kuulijan. Ja ne ominaisuudet havaitsin soitossanne niin voimakkaina, että moni taiteilija niitä varmaan kadehtisi teiltä.

He alkoivat nyt puhua musikista ja suurista säveltäjistä lähtien aina Palestrinan ajoilta asti. He vertasivat Niccolinin ihania luomia Galeazzin teoksiin, kertoivat tapauksia Bachin, Beethovenin ja Chopinin elämästä ja analysoivat

78

kuuluisaa Lisztiä, jonka kättä Kurimo oli saanut lordi Burtonin kodissa puristaa. Heidän puheensa omituisesti luisui asiasta toiseen — mikä keskustelulle juuri on ominaista — ja ennen pitkää olivat he siirtyneet käsittelemään elämän ongelmia. Heidän vuorosanansa muuttuivat jonkunlaiseksi hämäräfilosofiaksi, joka puki heidän ajatuksensa lauseiksi, niin että ne välittöminä ja alakuloisin rytmein pulpahtelivat kuuluviin kuin suoraan palavista ihmissydämistä.

Minä kuuntelin heitä äänettömänä ja ihmettelyni kasvoi kasvamistaan. Mitä pitemmälle he tulivat, sitä vaikeampi minun tuli olla ja sitä enemmän outo ahdistus pusersi sydäntäni. Ja vihdoin, yhtäkkiä, nousin ylös ja sanoin, pakottaessani huuleni hymyyn.

— Älkää antako poistumiseni häiritä itseänne. Minulla olisi pari kirjettä kirjotettavana.

— Työhuoneesta löydät mitä tarvitset, sanoi ystäväni sivumennen.

Senjälkeen jätin heidät kahden.

Kun nyt jälestäpäin ajattelen tätä tapausta, on minun turhaa koettaa uskotella itselleni, että mainitsemani kirjeet olisivat olleet todellisena syynä poislähtemiseeni. Tosin pälkähti muisto tuosta velvollisuudestani aivan äkkiä päähäni. Vieläpä olivat kirjeet tärkeitä. Mutta sittenkin. Olisinhan voinut ne kirjottaa yhtähyvin vähää myöhemminkin. Pikemmin olivat ne vain satunnaisena keinona, jolla koetin pettää sekä heitä että itseäni, myöskin itseäni. Sillä koskaan ennen ei ystäväni ollut puhunut vaimolleni tällätavoin. Koskaan ei hän ollut näin teeskentelemättä ja avoimesti ilmassut omia mietteitään. Ainoastaan minulle olivat hänen sanansa joskus hehkuneet

yhtä hartaina ja mukaansatempaavina. Ja vaimoni!
Milloinkaan en olisi uskonut hänelle olevan mahdollista
pukea ajatuksiansa näin sointuviin lauseihin. En edes
tiennyt hänen mielipiteittensä olevan näin varmoja ja
harkittuja. Hänen sielustaan paljastui syvyyksiä, jotka
olivat minulle kokonaan vieraita ja joiden salaisissa
sopukoissa varmaankin moni kallis helmi kimalteli.
Huomasin hänen sisimmässään elävän elämää, joka oli
pysynyt minulle tuntemattomana ja jonka kulku nytkin
kuului salattuna kuin maanalaisten vetten kohina.

Mitä kauemmin heitä kuuntelin, sitä kiusaantuneemmaksi
tunsin itseni ja sitä enemmän katkeruutta tulvi sydämeeni.
Käsitin olevani kokonaan tarpeeton ja syrjäytetty. Kykyni ei
täysin riittänyt ottaakseni osaa heidän keskusteluunsa, enkä
sitä — jostakin salaisesta syystä — erityisemmin
tahtonutkaan. Minun täytyi vaieta. Minun täytyi syrjästä
katsella miten toinen mies sai vaimoni avaamaan
pyhäkkönsä ja esiintuomaan kätketyt aarteensa. Se teki
minuun niin masentavan vaikutuksen, että oloni rupesi
tuntumaan tuskalliselta. Ja kun vihdoin mieleeni välähti
äskenmainitsemani tekosyy, niin poistuin heidän paristaan,
missä oma mitättömyyteni kuvastui selvänä kuin peilistä.

Tätä tukee sekin seikka, ettei kirjottamisestani tullut mitään.
En edes pannut huoneeseen, jonne tulin, lamppua
palamaan, vaan heittäysin nojatuoliin. Sytytin sikarin. Ja
kun pimeässä näkymätön sauhu pöllähti kuun valojuovaan,
esiintyi se vihertävänä, läpikuultavana pilvenä. Annoin
mielikuvien syntyä, kehittyä huippuunsa ja sitten raueta
jälkeentulevien tieltä. Olin siksi kiihottuneessa mielentilassa,
ettei minulla ollut mitään tietoa ajan kulusta.

Muita yhtäkkiä epäluulo pisti sydäntäni. Se jännitti jokaisen
lihakseni ja herätti minut tuosta niinsanoakseni veltosta
uinailusta. Tuo salainen epäily, joka toista vuotta oli

rinnassani kytenyt, sai nyt voimakkuuden, jota en ennen ollut tuntenut. Se painoi ja kiusasi minua niin, että päätin lähteä takasin salonkiin.

Kun avasin oven oli huone kuitenkin tyhjä. Ääntäkään ei kuulunut, ainoastaan kynttilöiden liekit lepattivat ja varjot jatkoivat entistä leikkiään. Mutta yhtäkkiä huomasin jotain, joka sai minut pysähtymään kuin kivettyneenä paikalleni.

Salongista johti ovi pienelle takaverannalle, josta ihana näköala avartui yli Alhon. Kun katsoin läpi akkunan, näin verannalla ystäväni ja vaimoni. Kurimo istui tuolilla selin minuun, mutta vaimoni seisoi kaidepuuta vasten nojaten, ja kuu valasi hänen kasvonsa.

Sydämeni rupesi kiihkeästi sykkimään. Vaivuin tuolille aivan pianon lähelle ja toivoin ensin, että he olisivat minut huomanneet. Mutta kun kuu pääsi esiin kevyen pilven alta ja kirkasti täydellisesti vaimoni kasvot, niin huomasin ihmeekseni niiden ilmasevan syvää tuskaa. Silloin hermoni jännittyivät ja jouduin hyvin ristiriitaisten mielialojen valtaan. Seurasin tarkkaavasti heidän pienimpiäkin liikkeitään, enkä kuitenkaan olisi tahtonut heitä vakoilla. Toivoin joka hetki, että he olisivat keksineet minut ja varoin kuitenkin synnyttämästä vähäisintäkään ääntä.

Mutta he eivät huomanneet minua, sillä jokin mieltäkiinnittävä keskustelun aihe näytti vaativan kaiken heidän tarkkaavaisuutensa.

Yhtäkkiä astui vaimoni askeleen eteenpäin. Hänen vartalonsa kumartui hiukan ja kuin suunnattoman epätoivon vallassa väänteli hän käsiään ja tuijotti ystävääni. Mutta Kurimo istui liikkumattomana. Hän näytti katsovan ohitse vaimoni, kauas yli Alhon, jonka hiljaiset laineet välähtelivät kuutamossa. Vihdoin hän nousi nopeasti, kääntyi vaimooni päin ja tarttui hänen käteensä silmissään ilme, jota en milloinkaan unohda. Ja kuin tuskan pakottamana heittäytyi puolisoni hänen kaulaansa.

Tuntui kun sydän olisi riistetty rinnastani. En ollut uskoa omia silmiäni. Oma vaimoni, jota olin rakastanut ja rakastin ja jonka luulin itseäni rakastavan, hän heittäytyi tuon kirotun miehen syliin kuin kurja ilotyttö. Tuo hieno, ylpeä olento oli siis petollinen ja alentui halveksittavaan aviorikokseen. Raivoissani olisin tahtonut syöksyä heidän eteensä, lyödä heitä, huutaa heille vasten kasvoja tekonsa kauheuden. Mutta tuska vei minulta voimat. En voinut jäsentäkään liikauttaa, enkä ääntä päästää. Olin kuin kivettynyt tai maahan juurtunut. Mutta silmäni tuijottivat koko ajan heihin ja huomasin heidän jokaisen liikkeensä. Äkkiä ystäväni säpsähti ikäänkuin olisi terävä katseeni jollaintavoin koskettanut häntä. Nopeasti vilkasi hän läpi akkunan salonkiin ja — siitä olen aivan varma — huomasi minut, sillä hän muuttui heti entiselleen ja vetääntyi erilleen vaimostani. Märtakin käänsi hätäisesti päätään minua kohden ja koetti ottaa arvokkaamman asennon.

He viipyivät vielä verannalla jonkun aikaa, tietenkin rauhottuakseen. Sillävälin minäkin hiukan tyynnyin. Mutta vapisin vielä huomattavasti ja hiki kohosi otsalleni. Vaikka hetkisen olin aikeessa poistua, niin viivyin kuin lamaantunut paikallani ja varsin pian unohdin koko ajatuksen.

Sensijaan valtasi minut tunto, jota olen ihmetellyt enemmän kuin mitään muuta itsessäni. Tunto siitä, etten voisi mitään sanoa heille kummallekaan. Tuo omituinen mielijohde ei ollut itsensähillitsemiskykyä, niin paljon voimaa en omannut, se ei myöskään ollut harkinnan tulos — olinhan siksi kiihottuneessa mielentilassa, että järkeni tuskin toimi — vaan pikemmin oli se vaisto. Ja minun täytyy nyt

jälestäpäin myöntää, että se vaisto oli oikea. Sillä miten
olisinkaan kohdistanut hyökkäykseni Kurimoon, tuohon
kylmään mieheen, jonka tyyneyttä ei mikään voinut
järkyttää? Hän olisi vain hymyillyt ylenkatseellisesti ja
halveksinut minua vaitiolollaan. Ja mitä olisin sanonut
vaimolleni, hänelle, jota olen rakastanut ja rakastan ja jota
rakastin ehkä eniten silloin kun hän petti minua. Mutta
minä vihasin Kurimoa. Ja tuntiessani oman
voimattomuuteni, muuttui se raivoksi, joka
äänettömyydessään oli käydä yli voimieni. Kuitenkaan en
voinut syyttää yksinomaan häntä. Sillä olinhan itse nähnyt
miten vaimoni oli ottanut ratkasevan askeleen. Hän, juuri
hän oli kiertänyt käsivartensa tuon tutkimattoman miehen
kaulaan. Hänen eteensä olisi minun siis pitänyt syöksyä
syytöksineni, hänelle purkaa raivoni ja musertaa hänet
tuomioni oikeudenmukaisuudella. Mutta kuten jo sanoin,
en voinut. Masentuneena, tuskan polttaessa sydäntäni, jäin
istumaan paikoilleni, ja jotakin karheata, ikäänkuin
hiljainen nyyhkytys pyrki kurkkuuni.

Vihdoin palasivat he salonkiin. Vaimoni oli kalpea ja
rauhaton, mutta Kurimon kasvoja valasi kirkas hymy, niin
kirkas, että se hirvitti minua. Tartuin nopeasti pöydällä
olevaan sanomalehteen kätkeäkseni sen taakse tuskan
vääristämät piirteeni.

— Vai niin. Sinä olet jo täällä, Arnold. Siellä on tavattoman
kaunis kuutamo, rouvasi oli siihen hyvin ihastunut, sanoi
ystäväni aivan rauhallisesti.

Hänen sanojensa pirullisuus pisti kuin käärme sydämeeni.
Mutta sanaakaan en saanut suustani. Nyökäytin vain
päätäni ja ikäänkuin hyvin syventyneenä lukemiseeni,
murahdin jotakin, mikä oli vain käheää, epäselvää ääntä.

— Ettekö vielä tahtoisi soittaa jotakin, rouva? Jotakin

tuudittavaa, joka houkuttelisi unettaret luoksemme ja tekisi yön suloiseksi, sanoi Kurimo viehkeimmällä äänellään.

— Sormeni ovat kankeat kylmästä ja on jo niin myöhäistä. Menen mieluummin nukkumaan, ellette pahastu, sai vaimoni vaivoin ja värähtelevin äänin pakotetuksi huuliltaan.

En muista enää, mitä ystäväni hänelle vastasi. Märta toivotti hermostuneesti hyvää yötä ja poistui.

Syntyi äänettömyys. Ainoastaan Kurimon askelten kaiku kuului onttona ja tahdikkaana kun hän hitaasti käveli edestakasin. Olin heittänyt pois sanomalehden ja tuijotin eteeni odotuksesta jännittyneenä. Kuin vilunväreet kulkivat läpi ruumiini.

Hän pysähtyi eteeni, katsoen minuun terävästi kissansilmillään, jotka kiiluivat syvinä ja mustina.

— Täällä on liian viileää. Käykäämme toiseen huoneeseen. Kenties polttaisit sikarin? sanoi hän tehden kädellään sulavan liikkeen.

Kummallinen aavistus siitä, että nyt tulisi tapahtumaan jotakin, joka ikuisiksi ajoiksi painuisi mieleeni, antoi minulle uutta voimaa ja sanaakaan vastaamatta seurasin häntä. Hän vei minut pieneen sivuhuoneeseen ja sytytti vihreällä suojuksella varustetun lampun. Sitten tarjosi hän minulle sikarin hopeisesta kotelostaan.

Vaitioloa kesti kauan ja oloni oli ahdistava. Vihdoin kysyi hän vakavasti:

— Sinä kai rakastat yhä uhkapeliä, Arnold?

Minä säpsähdin. Koko yhdessäolomme aikana emme

kumpikaan olleet hiiskuneet sanaakaan pelistä, joka kuitenkin oli tehnyt meidät ystäviksi. Kuin yhteisestä sopimuksesta olimme vaienneet ja painaneet ikävät muistot unholaan. Mutta nyt otti hän kysymyksen jälleen esille. — Kauhu puistatti ruumistani. Nyökkäsin kuitenkin myöntävästi.

— Minä ehdotan sinulle nyt pelin, jonka jännittävyys varmasti tyydyttää sinua, jatkoi hän tuokion kuluttua.

Hänen äänensä tavaton koleus hirvitti minua. Tunsin vaipuvani ikäänkuin kokoon tuolille. Kuin kylmä käsi puristi rintaani niin että rupesin ahdistuksesta huohottamaan. Sillä aavistin jotain kamalaa. Tuntui kuin yliluonnollinen hirviö olisi uhannut minua ja samalla tunsin olevani kokonaan voimaton torjumaan sen hyökkäyksiä. Olin salaperäisillä siteillä kiinnitetty johonkin, joka piti minua vallassaan ja ohjasi tekoni. Epätietoisena, kauhistuneena, ja tuskallisesta odotuksesta jännittyneenä tuijotin ystävääni.

Hän viivytteli kauan ennenkuin jatkoi.

— Panen koko omaisuuteni, minulla ei ole valitettavasti arvokkaampaa, ja sinä — vaimosi... Suostutko?

Nuo tukahtunein äänin lausutut sanat löivät kuin kauhea isku vasten kasvojani. Luulin vereni jähmettyvän ja suonieni lakkaavan tykkimästä. Tunsin piirteitteni vääristyvän suonenvedon tapaisesti. En enää käsittänyt mitään selvästi. Ympäristö pimeni. Aivoni eivät toimineet. Ja minä tunsin olevani kuin suunnattoman jättiläisolennon vallassa, jonka edessä en ollut mitään, jonka silmien synkkä ja uhkaava tuli vaikutti minuun hypnottisella voimalla ja pakotti minut tekoihin, joista en ole vastuunalainen. Hermoni olivat niin kiusaantuneet, että ruumiini vääntelehti tahdottomasti. Kylmä hiki kohosi otsalleni, ja tuijotin ystävääni jäätävän kauhun synkentämin silmin.

Olen aina ollut epäilijä ja epäilen nyt, ajatellessani tätä omituista peliehdotusta, että se vieraasta tuntuu kenties naurettavalta. Enkä ihmettele sitä ollenkaan, sillä kukaan ei ole kuullut ääntä, jolla se lausuttiin. Sanotaan muutamien fagotinpuhaltajien tulevan hulluiksi siitä, että joku sävel rupeaa alituisesti soimaan heidän korvissaan. Minun korvissani viipyy yöt päivät noiden sanojen soinnuton kaiku. Se seuraa minua eroamattomana kuin oma varjoni. Eikä minulla ole toivoa, sanoisinko lohdutusta, että se tekisi minut mielipuoleksi.

Kun hiukan toinnuin, herätti hänen ehdotuksensa julkeus ja tavaton luonnottomuus minussa raivoa, joka lähenteli mielipuolisuutta. Olisin tappanut hänet, jos voimani olisivat sen sallineet. Nautinnolla olisin survassut tikarin hänen sydämeensä. Mutta olin niin kiihottunut, ettei ääntäkään tullut kurkustani. Hengitykseniin kulki lyhyesti ja ahtaasti. Ja raivossani, yliluonnollisessa tuskassani, jota kukaan ei voi käsittää, tein hänelle myöntävän eleen.

Hän otti nyt korttipakan pieneltä tupakkapöydältä, ja laski sen eteeni. Sitten asettui hän istumaan minua vastapäätä ja syvä sääli — mikä minua ärsytti pahemmin kuin iva — kuvastui hänen kasvoiltaan kun hän äänettömänä katseli minua.

— Pelaamme aivan yksinkertaisesti, viidellä kortilla. "Viimeistä voittoa", ymmärräthän, sanoi hän hiljaa, synkästi.

Syntyi painostava vaitiolo. Nostimme kumpiko jakaisi. Se lankesi minun osakseni. Hermostuneena, vapisevin käsin jaoin kortit. Peli alkoi.

Ei hiiskahdustakaan kuulunut. Ainoastaan lamppu sihisi pöydällä ja sydämet rinnoissamme jyskivät. Kun ystäväni miettiväisenä ja kauan katseli korttejaan olivat hänen piirteensä kylmät ja liikkumattomat.

On kummallinen tosiasia, mitenkä jännittävinä hetkinä mielialat nopeasti vaihtelevat. Kun siinä tarkastelin korttejani — sen vähän, minkä sitä yleensä tein — tyyntyi raivoni äkkiä. Tunsin vain haikeaa lohduttomuutta ja kipeää tuskaa. Olin kokonaan avuttomana hänen vallassaan, kokonaan tahdoton ja taipuvainen mihin tahansa. Jouduin yksinäisen ja orvon tunnon lumoihin. Minulla ei ollut mielestäni mitään menetettävää, eikä mitään voitettavaa. Oli yhdentekevää pelasinko vaimoni, elämäni tai mitä hyvänsä. Kuin hiljainen nyyhkytys soi sielussani. Jos häviäisin, niin enhän oikeastaan mitään menettäisi. Sillä vaimoni rakasti toista, oli toisen ja peli oli vain muodollisuus ja sivuseikka. Jos voittaisin, niin kääntyisi voittonikin tappioksi. Mitä merkitsi minulle Kurimon omaisuus, olihan minulla varoja kylliksi. Ja mitä merkitsi vaimo jonka lämpimimmät ajatukset olivat toiselle omistetut! Ei! Tappio olisi toivottavampi jos mitään toivoa enää saattoi ajatellakaan.

Tämä kaikki teki minut levolliseksi. Tunsin itseni masentuneeksi ja välinpitämättömäksi. Ilman jännitystä pudottelin korttejani pöydälle.

Kun viimeisetkin kortit olivat käsistämme irtauneet, nuo mitättömät paperipalaset, joiden kuvioista kuitenkin niin paljon riippui, niin ystäväni nousi valjuna kuin vaate.

— Olet siis voittanut, sanoi hän äänellä, jonka kuvaamattoman synkkä ja suruinen sointu säilyy muistissani elämäni loppuun. Sitten astui hän akkunan luo. Kuu valoi hopeitaan sen läpi. Ja rummuttaen ruutua hiljaa sormillaan laski hän otsansa kylmää lasia vasten.

Olin siis voittanut. Mutta sensijaan että olisin iloinnut siitä, ivaillut ystävääni ja kostanut siten hänen julkeutensa, jäinkin vain liikutettuna tuijottamaan häneen. Ikäänkuin aavistuksen tai vaiston kautta tunsin, että tässä oli tapahtunut jotain, jonka alkusyyt olivat minulle vieraat. Käsitin, ettei minulla ollut oikeutta tuomita ystävää, jonka sisäistä ihmistä en ymmärtänyt. Tämä oli sitäkin omituisempaa kun hän kuitenkin oli niin paljon rikkonut minua vastaan. — Tai lieneekö kaikki johtunutkin vain siitä, että jännitys oli lauennut ja voimani loppuneet, sitä on vaikea ratkasta. Mutta jouduin joka tapauksessa niin haikean tunnon valtaan, että rupesin hiljaa nyyhkyttämään. Kumpikaan ei sanonut mitään. Ystäväni tuijotti ulos akkunasta ja minä laskin kuuman otsani käteni varaan.

En milloinkaan ole elänyt niin kauheita hetkiä. Yksikään monista seikkailuistani ei ole ollut niin kammottava kuin tämä yksinkertainen tapahtuma. Sen jälkeen tuntui kaikki vieraalta ja sammuneelta. Itsekin olin kuin elävä muumio.

— On kai jo aika mennä levolle, Arnold, sanoi ystäväni lempein, pehmein äänin. Hänen katseensa oli särkynyt ja uneksiva.

Nousin heti. Ja kun kulin läpi huoneiden, niin Kurimo näytti minulle valoa.

Vaimoni oli nukkuvinaan ja minä annoin hänen olla rauhassa. Mutta itse en saanut unta silmiini. Hermostuneena vääntelehdin minä vuoteellani ja kuume poltti ohimoillani. Mitenkä paljon mahtoi Märta aavistaa tapahtumasta? Mitähän liikkui hänen mielessään? Ja ystäväni? Mitä myrskyjä riehui hänen kylmän kuorensa alla? Se jäi minulle arvotukseksi — se on ja pysyy sellaisena.

Aamulla toi palvelija minulle kirjeen, jonka osote oli ystäväni käsialaa.

"Jää hyvästi, Arnold..."

Sellainen oli sen lyhyt sisältö.

— Missä on isäntäsi? kysyin palvelijalta tuskan vallassa?

— Hän matkusti aamulla varhain, kuului vastaus.

Kukaan ei tiennyt minne hän oli lähtenyt.

Luin yhä uudelleen ja uudelleen hänen hyvästijättönsä. Sen kolme lyhyttä sanaa näyttivät sisältävän rajattoman määrän eri tunnelmavivahduksia, riippuen lausumistavasta. Ja minusta tuntui kuin olisi ystäväni mieli sitä kirjottaessaan ollut niin tulvillaan ettei hän voinutkaan enää jatkaa. Ei niin sanaa lisätä. Mutta ehkä siinäkin erehdyin.

Kun kerroin vaimolleni — myönnän sen ensin tuottaneen minulle jonkunlaista nautintoa — että ystäväni oli matkustanut, niin tavaton kalpeus levisi hänen kasvoillensa. Hän vaipui kuin kokoon ja tuijotti minuun kuin tuomariinsa. Hänen silmänsä sulkeutuivat. Hän huohotti raskaasti, ja luulin joka hetki hänen pyörtyvän. Istuuduin hänen viereensä ja tartuin hänen käsivarteensa tukeakseni häntä. Ja mielialan vallassa, joka sisälsi sekä myötätuntoa että uteliasta säälimättömyyttä, kerroin hänelle tapahtuman. Kuvasin miten Kurimo oli pakottanut minut peliin, mutta en maininnut mitään siitä, että hänkin, vaimoni, oli ollut kysymyksessä.

Puhuessani huomasin miten omituisia, kirjavia värivivahduksia kulki yli hänen kasvojensa. Hänen silmänsä säihkyivät ja hän puri huultaan. Ja ponnistaen viimeiset voimansa — mikä minuun koski tavattomasti, kun huomasin sen selvästi — sai hän nostetuksi kätensä kaulaani ja kuiskatuksi tukahtunein äänin:

— Sinua minä rakastan. Sinua yksin minä rakastan.

Kaksi teräväreunaista, hehkuvaa täplää ilmaantui hänen poskilleen. Ne olivat minusta kuin kuoleman ruskotusta. Ja kun katsoin häneen, niin huomasin hänen alahuulestaan tihkuvan verta.

Ystäväni taloudenhoitaja antoi kaikki arvopaperit ja käteiset rahat asianmukaisessa järjestyksessä haltuuni. Senjälkeen otti hän eron virastaan.

Kaksi tuskallisen pitkää vuotta on nyt kulunut. Kaksi tuskallista ikuisuutta. Mitä tapahtui, sen vaimoni aavistaa ja mitä hän aavistaa, siitä olen minä selvillä. Mutta kumpikaan ei näitä asioita koskettele, kummallakaan ei ole kylliksi voimaa. Ja kuten jo alussa sanoin koettaa vaimoni olla iloinen, mutta yöllä ovat silmänsä kyynelissä. Välillämme on kuilu, jonka yli en voi päästä, ja me vaellamme kuin kaksi vierasta, joille vaan muukalaisuuden tunne on elämässä yhteistä. Kuitenkin on kaikki ulkonaisesti ennallaan.

En ole mitään kuullut ystävästäni. Kukaan ei tiedä minne hän on mennyt.
Kuinka paljon olenkaan häntä ajatellut! Tuhannesti olen hänet tuominnut
ja yhtä usein surrut hänen kohtaloaan. Nyt ymmärrän häntä paremmin.
Mutta hän ei koskaan palaa.

Tiedän, että on tuskallista kun ihmiseltä on kaikki mennyt, mutta useilla on silloin vielä toivo jälellä.

Minulla on kaikki jälellä, mutta toivo on mennyt.

* * * * *

Jokunen päivä on kulunut siitä, kun masentuneena kirjotin lauseen "minulla on kaikki jälellä, mutta toivo on mennyt", aikoen siten lopettaa muistelmani. Tuo lause oli kauan soinut korvissani. Lakkaamatta minä kävelyretkilläni toistin sitä, sillä luulin sen sisältävän järkähtämättömän totuuden, totuuden, joka tulisi olemaan koko lopun elämäni sisältönä. Mutta tapahtuikin käänne. Ja vaikkei se, mitä vielä tulen kertomaan, enää kuulukaan varsinaisesti asiaan, niin en malta vaieta. Mieleni on niin täynnä. Kuin kevätpurojen solina soi sielussani.

Päivänä, jona kirjotukseni lopetin, heittäysin ponnistuksesta väsyneenä sohvalle ja sytytin sikarin. Oli kova helle. Ja kun makasin siinä, paljosta ajattelusta raukeana, katsellen, miten siniharmaat savurenkaat kohosivat ilmaan ja kuunnellen kärpäsen yksitoikkoista pompotusta katossa, niin en ollenkaan ihmettele, että silmäni painuivat umpeen.

Heräsin siihen, että kuulin jonkun hillittömästi nyyhkivän. Katsoin ympärilleni. Illan hämy oli hiipinyt huoneeseen. En tahtonut muistaa, missä olin.

Tuolilla, kirjotuspöytäni ääressä, istui Märta nyyhkien, pää pöydän yli kumartuneena ja otsa käsivarren varassa. Tajusin nopeasti, että hän oli lukenut kirjotukseni, enkä voinut hillitä itseäni nousemasta ylös. Menin hänen luokseen. Hän säpsähti. Ja hänelle niin ominaisella voimalla pakotti hän kovan ilmeen kasvoilleen. Hänen silmänsä hehkuivat kuin tuli ja kyyneleet näyttivät yhtäkkiä kuivuneen. Hän nousi seisomaan ja suoristi ylpeästi vartalonsa. Terävä ryppy oli hänen otsallaan ja huulet liikkuivat kuin jotain sanoakseen.

Koko hänen ulkomuotonsa ilmasi neuvotonta vihaa. — Rintaani pusersi kipeästi. Sanaakaan sanomatta minä astuin akkunan luo ja aloin katsella ulos. Kuulin hänen nopeasti lähenevän ovea.

Kun hän nyt oli saanut tietää, että mielettömyydessäni olin pelannut hänestä, niin luulin hänen ikipäiviksi lähtevän luotani. Luulin hänen heränneen tuosta horroksesta, jossa hän koko yhdessäolomme ajan oli ollut, ja voimakkaana katkasevan kaikki siteet väliltämme ja jättävän minut omaan heikkouteeni. Kuitenkaan en kuullut hänen poistuvan huoneesta. Verrattain pitkä aika kului. Olin menettää kärsivällisyyteni. Mutta omituinen arkuus esti minua liikkumasta tai kääntämästä edes päätäni.

Yhtäkkiä tunsin käden hiljaa painavan olkapäätäni, ja sydäntä vihlovaan itkuun purskahtaen nojasi vaimoni päätään minuun. Hänen katseensa oli kyynelistä rukousta. Tartuin häntä vyötäisiltä ja annoin hänen itkeä. Sitten kuletin hänet sohvalle ja pusersin häntä hiljaa rintaani vasten.

Ikinä en ollut nähnyt hänen itkevän, siksi sydämeni suli niin herkäksi. Käsitin, että hän oli taistellut vaikean sisäisen taistelun. Koskaan en ollutkaan vaimoani ymmärtänyt. En ollut huomannut hänessä mitään kehitystä koko avioliittomme aikana ja hänen elämänsä kulku oli pysynyt minulta täydellisesti salassa. Olin useasti ihmetellyt, miten passivista osaa hän oli näytellyt Kurimon ja minun välisissä tapahtumissa, enkä tiennyt mitä olisin ajatellut hänen vaihemielisistä häilähtelyistään. Mutta nyt, kun hän ensikertaa elämässäni itki sylissäni, nyt ymmärsin, kuinka suuri muutos hänessä oli tapahtunut ja kuinka kokonaan hän oli toinen kuin ennen.

Hänen nyyhkeensä kiihtyi yhä. Hermoväreitä liikkui hänen

poskillaan. Hänen sormensa koukistuivat suonenvedon tapaisesti, kun hän edestakaisin kuletti kättään pitkin käsivarttani ja olkapäätäni. Hänen povensa aaltosi kuin meri ja hän vapisi kauttaaltaan.

Vähitellen hän kuitenkin tyyntyi. Syvä kärsimys kuvastui hänen kasvoiltaan, ja hän tarttui käteeni ja pusersi sitä hiljaa.

Jos voisin kuvailla mitä tunsin tuona hetkenä, jolloin käsi kädessä istuimme pehmeän hämärän helmassa! Sanaakaan ei vaihdettu. Kyyneleet olivat kohonneet minunkin silmiini ja harras mieliala valtasi minut. Tuntui kuin olisivat sielumme sinä hetkenä lähentyneet toisiaan ja sulautuneet toisiinsa. Ilmassa väreili kuin kaukainen urkujen soitto, kuin matalan virren hiljainen humina tai yötuulen huokaus korven hongissa. Paljaina ja nöyrtyneinä me olimme toistemme edessä. Ensi kertaa koko elämämme tuskaisella taipaleella.

Tuon kohtauksen jälkeen on niin paljon muuttunut. Minun tuskani ja epäilyni olivatkin jo sulautuneet yhdeksi ainoaksi epätoivon tunteeksi, joka oli niin painostava, että sielunelämäni turtui liikkumattomaksi. Se ei enää sisältänyt vivahduksia. Ikäänkuin haihtumaton usva verhosi sisäisen maailmani. Mutta nyt on kaikki toisin ja uusi, hiljainen onni, josta en vielä ole täysin selvillä, asuu luonani. Ehkä olin itse syypää onnettomuuteeni. Ehken ymmärtänyt vaimoani, ehken toden teolla avoimesti ja vilpittömästi pyrkinyt häntä lähemmäs. Nöyrästi minä tunnustan erehdykseni.

Nyt olen hänet löytänyt. Ja vaikken saatakaan toivoa, että kaikki epäsoinnut hälvenisivät ja täydellinen onni odottaisi minua, niin uskon kuitenkin voivani rauhallisesti katsoa tuleviin aikoihin. Luulen että jälelläolevan elämäni ylitse lepää kesäyön hillitty valo. Ei mikään enää loista. Kirkkaat

värit eivät häikäse silmää, eivätkä sytytä tunnetta
ilmiliekkiin. Mutta synkkiä varjojakaan ei ole olemassa.
Ainakin minä näin toivon. Ja minä tahtoisin hartaudesta
vaipua polvilleni ja kiittää elämää kaikesta, ja etenkin siitä,
että toivoni on palannut.